Zimmermann
& Zimmermann

Schule, Frust & große Liebe

Thienemann

»Julia,

in dich hab ich mich sofort verliebt! Du bist so anders als die anderen Mädchen in der Klasse. Du bist so romantisch.« Alex schaut mich zärtlich an.

Ich lächle verliebt zurück.

»Julia!« Die Stimme meiner Mutter holte mich aus meinen angenehmen Tagträumen zurück. »Hörst du mir überhaupt zu?« Sie musterte mich misstrauisch. »Irgendwas stimmt mit dir doch nicht. Wirst du vielleicht krank?«

Ich murmelte etwas vor mich hin und wünschte meine ganze Familie möglichst weit weg: meine Mutter, die drauf und dran war, mir die Hand auf die Stirn zu legen – dabei bin ich fast vierzehn! –, meinen Vater, der mich ebenfalls besorgt anstarrte, und meinen herzallerliebsten kleinen Bruder, der sich gerade mit seinem Löffel in meinen Pudding verirrt hatte.

»Aua, du tust mir weh!«, brüllte er, als ich ihm unter dem Tisch gegen das Schienbein trat.

Meine Eltern hatten natürlich sofort nichts

Wichtigeres zu tun als ihren Timmi zu trösten und mir zu erklären, dass ich als ältere Schwester Rücksicht auf ihn zu nehmen hätte. Das Übliche eben.

Ich schob meinen Teller zur Seite. »Ich hab keinen Hunger mehr«, sagte ich und stand auf.

Mit Freudengeschrei stürzte Timmi sich auf den Pudding.

»Du musst essen, Julia, du bist doch noch im Wachstum«, rief Mama hinter mir her, als ich zur Tür ging.

Typisch! Das wichtigste Thema in dieser Familie ist das Essen. Es gibt aber auch noch andere, wesentlichere Dinge im Leben. Nur ist das hier noch keinem aufgegangen, dachte ich wütend.

Am liebsten hätte ich die Tür hinter mir zugeknallt. Lediglich das Wort »Pubertät«, das Mama Papa zuflüsterte, hinderte mich daran.

So hoheitsvoll wie nur möglich verließ ich das Esszimmer. Was ich brauchte, war ein ruhiger Ort, wo ich ungestört meinen Gedanken nachhängen konnte. Meinen Gedanken an Alex. Ich lächelte vor mich hin.

Angefangen hatte es vor zwei Monaten. Unser Klassenlehrer hatte uns einen neuen Mitschüler angekündigt, der die letzten fünf Jahre in den USA gelebt hatte.

»Vielleicht spricht er fließend Englisch und hilft uns bei den Hausaufgaben«, meinte Hille, meine beste Freundin. »Ich kann ihn dann als Gegenleistung mal zu meiner Oma zum Essen einladen.«

Ihre Großmutter hat einen Bauernhof und kocht ziemlich gern, vor allem riesige Portionen.

»Ich hab neulich 'ne Sendung im Fernsehen über dicke Amerikaner gesehen. Du, da ist das völlig normal, dass die Leute Übergewicht haben.« Sie seufzte leicht und zog dabei ihren Bauch ein. »Na ja, ist ja auch egal, Hauptsache, wir haben jemanden, den wir vor Englischarbeiten fragen können.«

Aber an so was Nebensächliches wie Klassenarbeiten dachte ich nicht mehr, als ich Alex zum ersten Mal sah. Diesen Moment, das wusste ich hundertprozentig, würde ich mein Leben lang nicht vergessen! Niemals!

Irgendwie hatte sich in meinem Hinterkopf die Vorstellung festgesetzt, bei Alex Cleef würde es sich um einen dicklichen Jungen handeln mit kurz geschnittenem Haar und nichts sagendem Gesichtsausdruck, mit Baseballmütze auf dem Kopf und einem übergroßen Sweatshirt mit schwachsinnigem Aufdruck. Hatte ich gedacht!

Stattdessen kam ein Typ hinter unserem Lehrer ins Klassenzimmer rein, der hätte direkt Mitglied in einer umschwärmten Boygroup sein können. Und zwar der Bestaussehende von allen!

Ich glaube, es war mucksmäuschenstill, als Alex sich auf den einzigen freien Platz im Klassenzimmer setzte, neben Oleg, der sein Glück bestimmt nicht zu würdigen wusste.

Die Jungs guckten alle ziemlich säuerlich. Jedem von ihnen war klar, dass er im Vergleich zu Alex ziemlich alt aussah. Oder besser gesagt ziemlich unbedeutend.

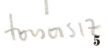

Bei den meisten Mädchen in der Klasse setzte in der Pause hektische Betriebsamkeit ein. Jenny lieh sich bei ihrer Cousine aus der 10b einen knallroten Lippenstift aus und malte damit in ihrem Gesicht herum. Die Farbe stand ihr natürlich nicht im Geringsten, aber sie tat ziemlich cool und war die Erste, mit der Alex redete.

»Tja!«, sagte Hille auf dem Nachhauseweg. »Jenny tut gerade so, als sei sie das Supergirl oder so.«

Ich nickte bloß.

»Dieser Lippenstift! Und außerdem ist sie viel zu dünn.«

Ich nickte wieder. Aber immerhin hatte Alex sich genau sieben Minuten mit ihr unterhalten. (Ich hatte ganz zufällig auf die Uhr gesehen.) Und das trotz der unmöglichen Lippenstiftfarbe!

Hille sah mich von der Seite an. »Was ist denn los? Du sagst ja gar nichts! Wie findest du den Neuen überhaupt?«

Ich behauptete, er sei wahrscheinlich ganz nett, aber er interessiere mich nicht besonders. Weil meine Freundin immer noch so misstrauisch guckte, fügte ich hinzu, dass ich morgens grauenhaft früh aufgewacht und deshalb schrecklich müde sei.

Aber in Wirklichkeit war ich hellwach und wollte bloß meine Ruhe, auch vor Hille. Ich musste nachdenken, und zwar gründlich.

Relativ schnell war mir in der nächsten Woche klar geworden, dass ich mich, genau wie die anderen Mädchen in der Klasse, in Alex verliebt hatte. Bloß zeigte ich es nicht.

Ganz im Gegensatz zu Eileen, die jeden Tag grauenhaft aufgedonnert in die Schule kam. Sogar Rita, die sonst immer nur graue Sweatshirts und Bluejeans trug, wurde plötzlich modebewusst. Sie versuchte es jedenfalls.

Hille und ich schienen die Einzigen zu sein, die noch normal waren. Als ich Hille irgendwann ganz vorsichtig fragte, ob sie Alex auch zum Verlieben finden würde, lachte sie bloß, aber es klang nicht sehr fröhlich.

»Du glaubst doch nicht, dass ich mit Eileen und diesen Girlies konkurrieren kann«, meinte sie. »Also wäre das verlorene Zeit, oder?«

Eigentlich musste ich ihr Recht geben. Alex stand in fast jeder Pause bei Eileen oder Jennifer und schien sich hervorragend mit ihnen zu unterhalten. Einmal saß er im Pausenhof neben Ina aus der Parallelklasse, aber nur zehn Minuten lang. Am nächsten Tag waren wieder die Stars der Klasse, Eileen und Jenny, angesagt. Mit normalen Mädchen wie Hille und mir schien sich Alex nicht abgeben zu wollen. Ich verbot mir schließlich jeden Gedanken an ihn.

Leider funktionierte es nicht so, wie ich mir das vorstellte. Jedenfalls träumte ich ständig von Alex und es waren wahnsinnig schöne Träume. Vielleicht lag es daran, dass ich vor dem Einschlafen meistens an ihn dachte, jedenfalls tauchte er mit ziemlicher Regelmäßigkeit in meinen Träumen auf. Und das Tollste war: Er erklärte mir in fast jedem Traum, dass er sich gleich am Anfang in mich verliebt hätte.

Ich hatte mich in meinen Schaukelstuhl gekuschelt und hing immer noch meinen Alex-Gedanken nach, da klopfte es leise an meiner Zimmertür. Mama! Sie hält sich für ungeheuer pädagogisch, weil sie seit einiger Zeit klopft.

»Damit zeige ich Julia, dass ich ihre Privatsphäre achte«, hatte sie neulich zu einer Freundin am Telefon gesagt. »Sie ist so ungeheuer empfindlich geworden.«

Ich beschloss Mamas Pädagogik ein bisschen zu testen.

Das zweite Klopfen klang schon wesentlich ungeduldiger und als ich beim dritten Mal immer noch nicht antwortete, riss sie einfach die Tür auf. »Herrgott, Julia, was soll der Quatsch! Du kannst doch nicht einfach beim Abendessen aufstehen, alles liegen lassen und verschwinden. Und warum sitzt du hier im Dunkeln?« Mama schaltete die Deckenbeleuchtung und meine Stehlampe an und musterte mich mit gerunzelter Stirn. »Die Ringe um deine Augen gefallen mir gar nicht. Zu wenig Schlaf oder zu wenig frische Luft, stimmt's? Kannst du nicht mal wieder mit Hille zu ihrer Oma auf den Bauernhof? Oder weißt du was? Ich hab noch eine bessere Idee: Am Wochenende gehen wir wandern! Wir schlafen erst schön aus, frühstücken gemütlich und dann geht es los. Das hat dir doch früher immer solchen Spaß gemacht. Was hältst du davon?«

Ich versuchte zu grinsen, aber es misslang mir ziemlich. Was sollte man einer Mutter sagen, die den schwarzen Kajal, den ich mir probeweise um die Augen geschmiert hatte, für Augenringe hielt und die einen Wandertag mit der Familie vorschlug?

»Oder gibt es Ärger in der Schule?«

Inzwischen war auch Papa aufgetaucht. »Soll ich dir in Mathe mal wieder ein bisschen helfen? Mensch, Julia, du musst doch keine Einser-Schülerin sein! Hauptsache, du kommst durch. Deine Mutter hat bis zum Abitur ...«

»... in Mathe eine Fünf gehabt«, beendete ich den Satz.

Das hatte ich mindestens schon tausendmal gehört, ebenso die wundersame Rettung durch konsequentes Lernen und den Satz, den Mama mit dem immer gleichen erstaunten Lächeln anfügte. »Es war ganz komisch, plötzlich hat mir Mathe richtig Spaß gemacht.«

»Ich hab überhaupt keine Schulprobleme. Es läuft alles bestens«, beruhigte ich die beiden und überlegte, wie ich sie am schnellsten wieder loswerden könnte.

Mama hatte sich auf mein Bett gesetzt und Papa lehnte am Schreibtisch. Wenn er jetzt die Schublade aufzieht, dachte ich und hörte mein Herz laut klopfen, dann sieht er mein Tagebuch und vielleicht findet er den Schlüssel und schlägt die richtige Seite auf und liest, was ich jede Nacht träume und ...

»Du guckst schon wieder so komisch«, hörte ich Papa sagen.

Mama schüttelte den Kopf. »Du kannst ihr doch nicht vorschreiben, wie sie zu gucken hat«, zischte sie. »Geh bitte mal nachschauen, was Timmi macht. Es ist so verdächtig ruhig.«

Klar, sie wollte mit mir allein sein. Wahrscheinlich hoffte sie dann mehr aus mir rauszukriegen. Aber den Gefallen würde ich ihr nicht tun. Meine erste große Liebe ging nur mich was an und sonst niemanden. Außerdem war es ja nicht mal eine richtige Liebe, eher eine virtuelle oder so. Jedenfalls würde ich Mama und ihren Freundinnen keinen Gesprächsstoff bieten.

Papa hatte kapiert. »Julia, du weißt, dass deine Eltern immer für dich da sind. Du kannst jederzeit zu uns kommen, wenn du ein Problem hast.«

Er wandte sich zur Tür, drehte sich noch einmal um und schien zu überlegen. »Gute Nacht«, sagte er dann. »Ich schau mal nach Timmi.«

Mama hatte mit der Fußspitze eine leere Gummibärchentüte unter meinem Bett hervorbefördert, die sie angestrengt anstarrte. »Na«, meinte sie schließlich, »ich geh dann auch mal wieder. Du weißt, morgen ist ein anstrengender Tag. Da steht ja wieder einiges an.«

Ich hatte nicht den blassesten Schimmer, wovon sie redete, aber ich nickte brav.

»Übrigens«, sagte sie, »du wolltest doch dieses Jahr eine große Geburtstagsfete veranstalten. Hast du schon eine Ahnung, wen du alles einladen willst?«

Einen Moment lang war ich echt verblüfft. Normalerweise sind Geburtstagsfeten für meine Mutter immer der totale Horror. Nach Timmis Feier mit 12 Kindergartenfreunden und Regenwetter hatte sie geschworen, nie wieder irgendwelche größeren Geburtstagseinladungen zuzulassen. Und jetzt die Frage nach meinen Gästen? Außerdem war mein Geburtstag vor drei Monaten gewesen.

»Wir haben dir doch damals versprochen, dass du im Sommer feiern kannst«, sagte sie. »Ich meine, du kannst ja ruhig auch ein paar Jungs einladen, wenn du willst.«

Alles klar! Ich hatte verstanden. Sie wollte bloß wissen, ob ich vielleicht verliebt war und in wen. Aber da konnte sie lange warten. Ich hatte keine Lust, mein Liebesleben mit meiner Familie zu diskutieren.

»Mal sehen«, sagte ich. Und dann konnte ich es mir nicht verkneifen hinzuzufügen: »Vielleicht lad ich auch die ganze Klasse ein. Wir sind jetzt 29!«

Ich konnte förmlich sehen, wie Mama zusammenzuckte. »Es ist ja noch ein Weilchen bis dahin«, sagte sie und es klang, als wollte sie sich selbst damit beruhigen. »Wir können ja noch mal darüber reden, ja?«

In dieser Nacht träumte ich wieder von Alex. Dieses Mal standen wir unter einem Baum. Ich lehnte mich gegen den Stamm und er schwankte hin und her. Alex wollte mich festhalten, aber ich verfehlte seine Hand. Und dann wachte ich auf.

Hatte der Traum vielleicht eine tiefere Bedeutung? Ich muss das unbedingt herausfinden, nahm ich mir vor, als ich im Badezimmer stand und mein Spiegelbild anstarrte.

Auf dem Schulweg bot sich die Gelegenheit dazu. Hille hatte zwar äußerst schlechte Laune, aber darauf konnte ich keine Rücksicht nehmen.

»Warum hast du mich gestern nicht mehr angerufen?«, wollte sie wissen. »Ich hab deinem Bruder dreimal gesagt, dass es ungeheuer wichtig ist. Wir sollten doch den Text von Martin Luther King übersetzen. Der mit dem Traum und so.«

Ich blieb mitten auf der Straße stehen. »Genau«, sagte ich. »Hille, hast du eine Ahnung von Träumen?«

Sie starrte mich an. »Spinnst du jetzt? Du kannst doch nicht mitten auf der Straße stehen bleiben, bloß weil wir die Englisch-Hausaufgabe nicht gemacht haben.« Sie zerrte mich zum Fahrbahnrand.

»Mir ist es ernst. Ich träume so komische Sachen und will wissen, was sie bedeuten.«

Meine Freundin nickte langsam. »Versteh ich. Meine Mutter hat ein Buch darüber, aber damit kannst du wahrscheinlich nichts anfangen. Frag lieber mich. Ich weiß nämlich, was Träume bedeuten. Meine Großmutter hat es mir mal erklärt.«

Sie sah sich kurz um und senkte die Stimme. »Sie hat gesagt, manche Leute haben so was wie ein zweites Gesicht oder so. Und ich glaube, ich hab es. Weißt du, manchmal träume ich, dass es am nächsten Tag regnet und dann regnet es tatsächlich. Also bei Wettervorhersagen bin ich bestimmt genauso gut wie die im Fernsehen. Manchmal träume ich, dass ich die Klassenarbeit verhauen habe, und das ist dann tatsächlich auch so.« Sie blickte auf ihre Uhr. »Mist. Wenn wir uns jetzt nicht beeilen, kriegen wir auch noch Ärger mit Napoleon. Erzähl mir nachher deinen Traum, dann sag ich dir, was er bedeutet. O. k.?«

»O. k.«, sagte ich, aber ich wusste im selben Moment, dass ich niemals jemandem meine Träume erzählen würde. Auch Hille nicht. Das wäre doch zu peinlich.

Kurz vor unserem Geschichtslehrer betraten wir das Klassenzimmer. Alex saß auf seinem Platz und sah so süß aus, dass ich einen Moment lang fast die Augen schließen musste.

Warum konnte ich immer nur von ihm träumen? Warum konnte ich nicht wie Eileen aussehen? Oder wenigstens so selbstbewusst wie sie rumlaufen? Und Alex einfach ansprechen? Stattdessen ...

»Der macht schon wieder mündliche Noten«, hörte ich Hille empört flüstern.

Napoleon – diesen Spitznamen hatte unser Geschichtslehrer bestimmt schon seit 120 Jahren – hielt sein aufgeschlagenes Notenbuch in der Hand und deutete mit dem Zeigefinger in meine Richtung.

»Julia!«, sagte er nach einer kleinen Pause. »Du erzählst uns jetzt was über die Ursachen der Französischen Revolution.« Der Giftzwerg deutete auf die Uhr. »Innerhalb der nächsten paar Minuten, wenn ich bitten darf.«

Ich versuchte mich an die Französische Revolution zu erinnern, aber vergeblich. Warum hatte ich gestern Abend nicht wenigstens das Geschichtsbuch unter mein Kopfkissen gelegt? Eigentlich hatte ich sogar vorgehabt zu lernen, aber dann hatte ich wieder an Alex gedacht und ...

»Wir haben letzte Stunde nichts aufgeschrieben«, sagte ich ziemlich lahm, aber ich wusste genau, das war zwecklos.

Napoleon lächelte milde. »Du sollst das Wissen nicht in deinem Heft, sondern in deinem Köpfchen haben.«

Ich kannte den Spruch. Den ließ er ungefähr dreihundertmal im Jahr ab.

»Ich hab vergessen, dass heute Geschichte ist«, murmelte ich.

Napoleon musterte mich kopfschüttelnd. »Wohl anderes im Kopf, was?«, sagte er spöttisch, während er seinen Kugelschreiber zückte und eine Note eintrug.

»Scheiße«, flüsterte Hille neben mir. »Jetzt nimmt er garantiert mich dran.«

Sie zögerte einen Moment, dann sprang sie auf. »Herr Dieringer, kann ich bitte mal raus? Mir ist furchtbar übel, ich glaube, ich habe ...« Mit der Hand vor dem Mund stürzte sie zur Tür.

Napoleon sah ihr erstaunt nach. »Eigentlich wollte ich mal hören, was du über die Ursachen der Revolution weißt!«, rief er ihr nach, aber Hille war schon verschwunden.

Warum war mir dieser Supertrick nicht eingefallen?

Auf einem Schmierblatt rechnete ich meinen Notenstand in Geschichte aus. Natürlich, so viel

Pech konnte auch nur ich haben! Ich stand mit dieser großartigen mündlichen Leistung genau auf 3,5. Dabei brauchte ich doch noch eine Drei als Ausgleich für Chemie. Es war zum Verzweifeln.

Napoleon hatte ein neues Opfer gefunden. Weil Benjamin genauso wenig wie ich wusste, wiederholte er schließlich selbst den Stoff der letzten Stunde.

Hille ließ sich vorsichtshalber nicht mehr blicken. Wahrscheinlich befürchtete sie, von Napoleon noch in den letzten fünf Minuten abgehört zu werden.

»Wir machen heute Gruppenarbeit. Schließlich wollen wir auch im Geschichtsunterricht mit der Zeit gehen«, hörte ich Napoleon vorne sagen. »Setzt euch mit eurem Banknachbarn oder eurer Banknachbarin zusammen und bearbeitet im Buch die Seiten 35 bis 38. Die Fragen auf Seite 39 sind Hausaufgabe. Schriftlich! Dann hat unsere Julia endlich auch was im Heft stehen und kann lernen.«

Ein paar Blödmänner in der Klasse kicherten.

Ich kramte Hilles Geschichtsbuch aus ihrer Schultasche und machte mich an die Arbeit. Wahnsinnig spannend. *Diskutiere mit deinem Banknachbarn, welche Möglichkeiten König Ludwig XVI. hatte, als ...*

»Mein lieber Alex, die Aufgabe gilt auch für dich«, sagte Napoleon.

Ich drehte mich neugierig um.

Alex, der allein in der letzten Bank saß, lächelte freundlich. »Oleg ist nicht da. Also hab ich auch kein Geschichtsbuch.«

»Aber ...«

»Sie haben damals gesagt, es reicht, wenn immer einer in der Bank ein Buch dabei hat«, unterbrach ihn Alex.

Ich fand ihn wahnsinnig toll, wie er das so sagte. So selbstsicher!

»Er kann unser Buch haben«, schlug Benjamin vor.

»Seid ihr etwa schon fertig?« Napoleon fielen fast die Augen aus dem Kopf. »Ihr sollt gründlich arbeiten, nicht rumschludern.«

Er sah sich um und dann hatte er mich entdeckt. »Alex, komm nach vorn, setz dich neben Julia. Hille traut sich bestimmt die ganze Stunde nicht mehr rein.«

»Kein Problem«, sagte Alex. Er stand auf und schlenderte nach vorne, zu meinem Platz. Und dann setzte er sich neben mich.

Mir war fast schlecht vor lauter Glück, ehrlich! Alex, von dem ich bestimmt schon hundertmal geträumt hatte, neben mir! Ganz nah. Und wenn wir zusammen ins Buch gucken würden, dann noch näher.

Ich wusste, jetzt kam es drauf an. Wenn bloß nicht Hille zurückkam und mir alles vermasselte.

»Und? Was sollen wir jetzt machen?«, fragte Alex leise, nachdem er die Fragen im Buch durchgelesen hatte.

Er roch ganz leicht nach Seife, Rasierseife wahrscheinlich. Am liebsten hätte ich die Augen geschlossen und den Duft eingesogen, aber ich nahm mich zusammen.

»Wir sollen darüber diskutieren, welche Möglichkeiten Ludwig der Sechzehnte hatte«, sagte ich langsam und hoffte, dass meine Stimme nicht zitterte.

Eileen, die vor mir saß, drehte sich um. »Soll ich euch helfen?«, fragte sie und guckte dabei Alex an.

Ich schüttelte den Kopf. »Wir kommen bestens klar«, behauptete ich schnell. Zwar hatte ich keine Ahnung, was wir überhaupt diskutieren sollten, aber diese Chance würde ich mir nicht entgehen lassen.

Napoleon wanderte von Tisch zu Tisch und ließ Kommentare ab. »Lest erst mal die Seiten durch«, schlug er vor, als er bemerkte, dass einige schon wie wild schrieben. »Steht alles im Buch drin. Ihr müsst es nur lesen, kurz darüber reden und es dann mit eigenen Worten aufschreiben. Das ist doch kein Hexenwerk, oder?«

Alex grinste mich an. »O. k., dann lesen wir eben. Welche Seite?«

Ich deutete auf Seite 35. Wir saßen ganz nah beieinander.

»Fertig?«, fragte er nach einer Weile und blätterte um.

Ich nickte. Ich hatte kein Wort von dem behalten, was ich gelesen hatte. Wichtig war nur eins: Ich saß neben Alex. Daraus musste ich einfach etwas machen.

Unauffällig musterte ich ihn von der Seite. Alex sah wirklich klasse aus. Irgendjemand hatte mal gesagt, eigentlich könnte er zum Film, und ich fand, das stimmte auch.

Er war einfach was Besonderes. Alle Jungs in unserer Klasse hatten kurze Haare. Alex trug seine lang. Manchmal band er die schwarzen Locken zu einem Pferdeschwanz zusammen. Bei jedem anderen hätte das blöd ausgesehen, bei ihm passte es einfach.

»Kapierst du, was da genau gemeint ist?«, wollte er wissen.

»Was?« Ich schreckte auf. »Klar, ist doch ganz einfach.«

Er zuckte mit den Schultern. »O. k., wenn du meinst. Schaffen wir die Hausaufgabe noch? Ich meine, es wär doch prima, wenn wir die in der Stunde noch fertig kriegen, oder?«

Schlagartig war mir alles klar. Alex hatte mindestens genauso wenig Ahnung von Geschichte und von der Französischen Revolution wie ich. Klar, er hoffte darauf, dass ich die Fragen beantworten würde und er sie von mir abschreiben könnte.

Wenn ich konzentriert nochmals die angegebenen Seiten durchlese, klappt das vielleicht, überlegte ich. Vielleicht setzt sich Alex in Zukunft dann öfters neben mich. Für Hille muss ich irgendeine Ausrede finden, damit sie sich neben Oleg setzt. Die Wahrheit konnte ich ihr unmöglich sagen.

»Den Rest macht ihr als Hausaufgabe. Die werde ich das nächste Mal benoten«, sagte Napoleon. »Wir hören heute zehn Minuten früher auf. Die Klassensprecher wollen noch einiges zum Schulfest sagen.«

Dann packte er seine Mappe und verschwand. Er schien nicht traurig zu sein, uns zehn Minuten früher verlassen zu müssen.

Alex konnte jeden Moment aufstehen und wieder zu seinem Platz zurückgehen. Und ich hätte meine Chance vertan.

Da drehte Jenny sich um. Sie hatte ein Lächeln drauf, als würde sie gleich von einem Starfotografen fotografiert werden. »Alex ...«, fing sie an.

Jetzt musste ich handeln. Sofort!

»Alex!«, hörte ich mich flüstern. »Ich hab die Lösungen.«

Er starrte mich ungläubig an. »Aber du hast doch noch kein Wort geschrieben.«

»Kannst du dich vielleicht mal wieder umdrehen?«, fauchte ich Jenny an.

Sie guckte ziemlich erstaunt, so unfreundlich war ich selten. Aber bei dem, was ich jetzt sagen wollte, konnte ich keine Zeugen gebrauchen, schon gar nicht Jenny.

»Mein Bruder war vor ein paar Jahren auch bei Napoleon und er hat seine Hefte aufbewahrt. Da muss ich alles nur abschreiben.«

Alex guckte mich misstrauisch an. »Und dein Bruder hat Geschichte geblickt?«

»Klar«, behauptete ich. »Er hatte immer 'ne Eins.«

Darauf kam es jetzt auch nicht mehr an. Wenn ich schon schwindelte, dann wenigstens richtig.

»Wenn du Interesse daran hast, kann ich dir die Lösungen geben«, sagte ich. Ein bisschen zitterte meine Stimme.

Aber Alex schien nichts zu bemerken. »Gute Idee«, sagte er. »Wäre ja auch Blödsinn sich den ganzen Nachmittag den Kopf zu zerbrechen, wenn du die richtigen Antworten hast. Kannst du sie mir vielleicht faxen?«

So nicht, mein Lieber, dachte ich.

»Geht schlecht«, sagte ich nach kurzem Zögern. »Ich krieg das Heft von meinem Bruder bestimmt nicht ins Faxgerät rein.« Wir lachten beide. »Aber wir könnten uns treffen«, schlug ich vor. »So um halb fünf vielleicht? Am alten Spielplatz?«

Alex nickte. »O. k. Und vergiss die Hausaufgaben nicht.« Er stand auf und ging zu seinem Platz zurück.

Als ich mich zu ihm umdrehte, lächelte er mich an. Ich hätte die ganze Welt umarmen können.

Den restlichen Vormittag war ich ziemlich daneben. Vielleicht war es doch keine so gute Idee gewesen, einen älteren Bruder mit einer Eins in Geschichte zu erfinden. Mir wurde ziemlich schnell klar, dass mir nichts anderes übrig blieb, als sofort nach dem Mittagessen die Hausaufgaben zu erledigen. Und zwar gründlich, so wie es sich für einen Einser-Schüler gehört.

Nach der Pause holte ich das Geschichtsbuch unter der Bank hervor, schlug Seite 35 auf und legte es unauffällig in mein Mathebuch. Am besten fing ich jetzt schon mal an zu arbeiten.

»Sag mal, was ist denn mit dir los?«, fragte Hille, die zu Beginn der Mathestunde wieder aufgetaucht war.

Ich lächelte matt.

»Die Sechs in Geschichte«, mutmaßte meine Freundin. »Tut mir Leid, dass es dich erwischt hat. Wenn ich nicht rausgerannt wäre, wäre es mir genauso...«

»Julia! Hiltrud! Könnt ihr zwei nicht endlich mal ruhig sein!« Frau Frederici, unsere Mathelehrerin, stand vor uns. Sie hatte diesen typischen Aha-hab-ich-dich-erwischt-Lehrerausdruck im Gesicht.

Ich versuchte noch das Geschichtsbuch in Sicherheit zu bringen, aber es war zu spät.

Natürlich glotzte die Frederici ziemlich erstaunt, als ihr klar wurde, dass ich nicht irgendeine jugendgefährdende Zeitschrift in meinem Mathebuch versteckt hatte, sondern ein Schulbuch.

»Das gehört nicht zum Unterricht«, sagte sie lahm. »Kümmere dich lieber um Mathe, das hast du nötiger.«

Kurz nach zwei war ich endlich zu Hause.

Ziemlich lange hatte ich überlegt, ob ich mich von Alex mit einem »Also bis halb fünf dann« verabschieden sollte. Dann hatte ich mich aber doch dagegen entschieden. Hille wäre vielleicht neugierig geworden und wie ich sie kannte, wäre sie sofort zum Spielplatz mitgekommen. Natürlich hätte ich ihr dann alles gestehen müssen, und das wollte ich nicht.

Mama hatte Timmi aus dem Kindergarten geholt und das Mittagessen vorbereitet.

»Julia«, rief sie, als ich gerade meinen Schulrucksack an die Garderobe lehnte, »du hast doch hoffentlich nicht vergessen, dass du dich heute Nachmittag um deinen Bruder kümmern musst! Spiel am besten was mit ihm. Wie wäre es mit Basteln? Ein Windrad zum Beispiel. Timmi ...«

Ich raste in die Küche. »Das darf doch nicht wahr sein! Ich denke, Timmi geht in den Kindergarten.«

Sie lachte. »Rein theoretisch ja. Aber leider ist heute mal wieder eine Fortbildung für Kindergärtnerinnen. Übrigens die dritte in vier Wochen.« Sie überlegte kurz. »Wollt ihr noch mehr Petersilie auf die Kartoffeln? Und soll ich die Möhren gleich dazumachen?«

Ich sah sie verständnislos an, dann schüttelte ich den Kopf. Mir war im Moment reichlich egal, was es zu essen gab. Das Einzige, was mich interessierte, war der Nachmittag.

»Gehst du heute Nachmittag in die Praxis?«, fragte ich.

Sie nickte. »Die neue Kollegin ist schon wieder krank. Na, wenn ich Glück habe, bin ich bis Viertel nach vier wieder da. Stell das Essen bitte in den Backofen, Timmi kann ja den Tisch decken. Gib ihm einen Kuss von mir!«

Sie winkte mir zu, griff nach Tasche und Einkaufskorb und rannte los.

Vielleicht, so überlegte ich, während ich das Essen in den Backofen schob und den Tisch deckte, ist es gar nicht so schlecht, wenn Mama nicht zu Hause ist. Sie würde natürlich wissen wollen, warum ich mich plötzlich mittags umziehe und schminke.

Denn so, wie ich im Moment aussah, würde ich kaum Chancen bei Alex haben. Das war mir spätestens in dem Moment aufgegangen, als ich mich auf dem Nachhauseweg in der Spiegelsäule eines Kaufhauses gemustert hatte: verwaschene Jeans, das Sweatshirt ziemlich ausgeleiert, farblos alles. Nein, so wollte ich auf keinen Fall auf dem Spielplatz erscheinen. Bis halb fünf musste ich mich irgendwie verändern.

Alex würde staunen, vielleicht würde er sagen: »Julia, mir ist gar nie aufgefallen, wie toll du aussiehst.« Vielleicht würde er es auch nicht sagen, aber denken würde er es auf jeden Fall.

Es gab nur ein klitzekleines Problem: Was sollte ich anziehen? Ich stand vor meinem Kleiderschrank und starrte trübsinnig in das Chaos. Dann fing ich an, alles Mögliche anzuprobieren.

Natürlich hatte ich lauter alltagstaugliche Klamotten, aber nichts, was einen Traumtyp wie Alex beeindrucken konnte. Ein schulterfreies kurzes schwarzes Kleid zum Beispiel! Ich beschloss mir so etwas bei der nächsten Gelegenheit zu wünschen.

Aber bis halb fünf musste ich mit dem, was mein Kleiderschrank bot, auskommen. Ich hatte mich gerade halbherzig für ein rotes T-Shirt mit bunten Schmuckperlen und eine dreiviertellange weiße Hose entschieden, da riss Timmi die Tür auf und heulte rum, dass er Hunger habe.

Der Auflauf im Backofen war inzwischen natürlich leicht verkohlt, aber mein Bruder versprach,

Mama nichts davon zu erzählen. Als Gegenleistung würde ich ihn bis vier Uhr fernsehen lassen.

Vorsichtshalber hatte ich wieder meine alten Sachen angezogen. Bei Timmis Tischmanieren wusste man nie und ein Fleck auf meiner weißen Hose wäre eine Katastrophe gewesen.

Nach dem Essen ging Timmi bereitwillig mit einer Tafel Schokolade ins Wohnzimmer und stellte den Fernseher an. In der Zwischenzeit durchsuchte ich alle Frauenzeitschriften, die Mama im letzten Vierteljahr gelesen hatte.

Es war ein ziemlich hoher Stapel, aber nach einer Viertelstunde hatte ich gefunden, was ich gesucht hatte: eine Make-up-Probe, auf der draufstand: *Zaubert Glanzlichter auf Ihre Haut und schenkt Ihnen einen strahlenden Teint*. Und dazu ein Parfümpröbchen mit der Bezeichnung *Aloha Garden*. Das klang interessant und ich hoffte, dass dieser Duft bei Alex wirken würde.

Das Einzige, was mein Hochgefühl dämpfte, waren die blöden Geschichtshausaufgaben. Einen Moment lang spielte ich mit dem Gedanken, voll auf mein Make-up und das Parfüm zu setzen und die Hausaufgaben einfach nicht mitzubringen.

Ich kaute bestimmt zehn Minuten lang unschlüssig an einem Fingernagel rum, dann entschied ich mich, die Aufgaben doch mitzunehmen. Sicher war sicher! Dummerweise mussten sie dazu erst noch erledigt werden!

Beim Blick auf die Uhr wurde mir ganz schlecht: Es war bereits zehn nach drei. Ich war immer noch nicht umgezogen, für die Hausaufgaben würde ich bestimmt auch eine halbe Stunde brauchen und Timmi glotzte inzwischen eine Sendung, die meine Eltern ihm sicherlich nie erlaubt hätten. Aber darauf konnte ich jetzt keine Rücksicht nehmen. Ich hatte Wichtigeres vor. Schließlich ging es um mein Lebensglück!

Ich beschloss mir erst mal die *Kurpackung für gesundes und strahlendes Haar* zu gönnen, die meine Mutter gekauft und im Bad hatte liegen lassen.

Ich schmierte mir das Zeug ins angefeuchtete Haar, wickelte ein Handtuch darüber und machte mich an die Französische Revolution. In der Zwischenzeit konnte die Haarkur einwirken und ich würde Alex nicht nur mit strahlendem Teint, sondern auch mit strahlenden Haaren überraschen.

Das Telefon klingelte. Einen grauenhaften Moment lang befürchtete ich, er würde absagen, aber es war nur Hille. Wir telefonieren eigentlich jeden Mittag, obwohl wir uns den ganzen Vormittag in der Schule sehen. Normalerweise macht es auch immer Spaß, mit ihr über die Schule herzuziehen und nochmals alles durchzukauen, aber an diesem Mittag passte es mir überhaupt nicht.

»Ich muss auf meinen Bruder aufpassen«, behauptete ich. »Du weißt doch, man kann Timmi keine drei Minuten aus den Augen lassen, schon stellt er was an.«

Ich versprach ihr, sie abends anzurufen, dann stellte ich ohne Rücksicht auf Timmis Proteste den Fernseher aus und machte mich wieder an die Geschichtshausaufgaben. Mein angeblicher Bruder hatte eine Eins in Geschichte; also konnte ich nicht, wie sonst üblich, irgendwas ins Heft schmieren.

Ich musste sorgfältig arbeiten, und das fiel mir ziemlich schwer. Timmi nölte nämlich inzwischen rum, dass ich mit ihm Räuber Hotzenplotz und die Großmutter spielen sollte. Ich war bei diesem Spiel immer die Großmutter, der die Kaffeemühle geklaut wird. Timmi hat die Geschichte noch ein bisschen ausgebaut. Am Schluss sitze ich immer gefesselt auf einem Küchenstuhl und muss um meine Freilassung bitten.

Aber im Moment hatte ich wirklich keinen Nerv dafür. Ich schleppte meinen Bruder wieder vor den Fernseher, stellte ihm den Kinderkanal an und war beruhigt, dass Peter Lustig kam. Das war garantiert ungefährlich!

Ich hatte gerade die zweite Aufgabe fertig – mit verstellter Schrift natürlich – da hörte ich durch das angelehnte Fenster lautes Hämmern aus der Garage. Zuerst wollte ich mich über den Krach ärgern, aber dann bekam ich einen ziemlichen Schreck. Nur einer konnte in der Garage sein!

Die Wohnzimmertür stand sperrangelweit offen, der Fernseher lief immer noch, nur von Timmi fehlte jede Spur. Ich rannte die Treppe hinunter. Timmi in der Garage bei Papas Werkzeug – das konnte nur schief gehen.

Ich war ziemlich geladen, als ich die Haustür aufriss. Was bildete sich mein Bruder eigentlich ein? War ich sein Kindermädchen?

In alter Gewohnheit zog ich die Tür sorgfältig hinter mir zu. Meine Eltern predigten mir seit

Timmis Geburt, dass er ein Ausreißertyp sei und dass man deshalb alle Türen schließen müsse.

Ich rannte in die Garage. Das Hämmern hatte aufgehört.

»Timmi, spinnst du? Was soll der Quatsch?«, rief ich.

Mein Bruder stand auf einer Leiter, hatte einen Eimer in der Hand und schmiss fröhlich mit Blumenerde um sich.

»Ich mache Karneval«, verkündete er stolz. »Bei Peter Lustig war auch Karneval.«

Ich musste lachen, weil er einfach so witzig aussah. Das gab ihm natürlich jede Menge Auftrieb und er fing an mich mit der Erde zu bewerfen.

»Ich sag's Mama«, drohte ich. Das beeindruckte ihn nicht im Geringsten. Er lachte nur noch mehr.

Erst als ich ihm androhte, dass er die nächste Woche bestimmt nicht fernsehen dürfe, hörte er auf.

»War doch bloß Spaß«, meinte er und stieg von der Leiter. »Dann spiel ich eben wieder Reparaturwerkstatt.«

Ich nahm ihm den Hammer, den er von Papas Werkbank geholt hatte, aus der Hand und guckte streng. Wenn bloß Mama rechtzeitig nach Hause kam und mich von diesem Monster erlöste!

Timmi plärrte schon wieder. »Ich will jetzt meinen Nachtisch haben und dann musst du mir was vorlesen! Eine Gespenstergeschichte. Und dann kriegst du ganz doll Angst.«

»Ph«, machte ich bloß. Darauf konnte er lange warten. Ich hatte jetzt andere Probleme.

Es war kurz nach vier, ich musste die Haarkur auswaschen, mich umziehen, schminken, irgendwie noch die letzte Aufgabe machen und dann losrennen. Alex würde bestimmt nicht lange auf mich warten.

Timmi rannte zur Haustür und drückte auf die Klingel. »Ich muss mal!«, schrie er. »Mama soll ganz schnell aufmachen.«

Ich wollte ebenfalls klingeln, da fiel es mir siedend heiß ein. »Mensch, Timmi, Mama ist doch gar nicht da! Und die Tür ist zu! Was machen wir denn jetzt?«

Klar, ich hätte es gleich wissen müssen. Kleine Brüder vermasseln einem alles, aber auch wirklich alles. Das Einzige, was Timmi konnte, war, sich heulend an mich zu pressen und seine Rotznase an meinem Sweatshirt abzuwischen. Wie gut, dass ich mich noch nicht umgezogen hatte.

War irgendwo ein offenes Fenster? Eine offene Terrassentür? Garantiert Fehlanzeige! Wegen Timmi war alles schön zu. Da standen wir zwei und waren ziemlich ratlos. Wenn Mama pünktlich kam, konnte ich mich noch umziehen. Aber was war mit der Haarkur auf meinem Kopf? Am liebsten hätte ich vor Wut losgeheult.

Im Haus klingelte das Telefon. Lieber Gott, betete ich, lass das bloß nicht Mama sein, die anruft, um uns mitzuteilen, dass sie länger arbeiten muss.

Timmi hatte sich inzwischen wieder beruhigt. »Müssen wir jetzt draußen übernachten?«, wollte er wissen. »Und Mama und Papa auch?«

Ich gab keine Antwort. Irgendwo, das wusste ich

genau, hatte Mama für solche Notfälle einen Schlüssel versteckt. Aber wo? Typisch, dass niemand mir gesagt hatte, wo ich ihn finden würde. Aber in diesem Haus drehte sich ja seit Jahren alles nur noch um Timmi.

Ich durchsuchte den Vorgarten und drehte jeden größeren Stein um, auf der Suche nach einem Schlüssel. Von der nahe gelegenen Kirche schlug es Viertel nach vier.

Irgendwas musste jetzt passieren, sonst konnte ich Alex abschreiben. Haare waschen, umziehen, schminken, wenn ich mich beeilte, konnte ich das vielleicht in zehn, zwölf Minuten schaffen. Zum Spielplatz waren es mit dem Fahrrad fünf Minuten. Und fünf Minuten Wartezeit konnte ich Alex zumuten. Schließlich bekam er auch was dafür.

»Hör mal her, Timmi!« Ich ging neben ihm in die Knie und sah ihn streng an. »Ich muss mal kurz weg. Du wartest hier, bis ich wiederkomme oder Mama, klar? Und du rührst dich keinen Zentimeter von der Tür weg. Hast du das kapiert?«

Im Badezimmer, war mir eingefallen, war das Fenster nur angelehnt. Mit ein bisschen Glück und einer langen Leiter konnte ich es vielleicht öffnen.

Natürlich flennte Timmi noch ein bisschen rum, wollte wissen, was er tun sollte, falls Räuber kämen, und lauter solchen Blödsinn.

»Die nehmen dich mit, wenn du nicht endlich ruhig bist!«, brüllte ich ihn an. Ich war kurz davor, die Nerven zu verlieren. Ich schärfte Timmi nochmals ein, sich auf keinen Fall von der Stelle zu rühren und holte die Leiter aus der Garage.

Als er mich sah, flippte mein Bruder natürlich gleich aus und schrie, dass er auch auf die Leiter steigen wolle.

Ich lächelte nur kalt. »Vierzehn Tage Fernsehverbot.«

Timmi sagte nichts mehr.

Die Leiter war zu kurz, aber mich konnte nichts mehr stoppen. Ich wollte mich mit Alex treffen, auf Teufel komm raus. Alle anderen Mädchen hatten es schon versucht, aber vergeblich. Nachmittags hatte er für niemanden Zeit. Irgendjemand hatte mal behauptet, er hätte ihn mit Lisa aus der Parallelklasse im Kino gesehen, aber das hatte sich als Gerücht erwiesen.

Ich, Julia Martin, würde es schaffen. Ich würde mich heute mit Alex treffen!

Über einen Mauervorsprung hangelte ich mich nach oben. Ich stieß das Fenster auf, kletterte hinein und ließ mich auf den Badezimmerteppich fallen.

Als ich beim Aufstehen in den Spiegel sah, stieß ich einen Schrei aus. Alex würde wahrscheinlich länger als fünf Minuten auf mich warten müssen. Ich schüttelte die Blumenerde, die zwischen den Resten der Haarkur in meinen Haaren klebte, ins Waschbecken. Um den Rest wollte ich mich später kümmern.

Zuerst musste ich Timmi reinholen und ihn vor den Fernseher setzen. Mama würde schimpfen, wenn sie nach Hause kam, aber das war jetzt auch egal. Dann würde ich mein Äußeres so weit in Ordnung bringen, dass Alex nicht gerade der Schlag traf.

Ich rannte die Treppe hinunter und riss die Haustür auf.

»Hallo Julia«,

sagte Jenny und grinste mich fröhlich an. Alex, lässig gegen die Hauswand gelehnt, grinste auch. Die Einzige, die nicht grinste, war ich.

»Ich hab Jenny zufällig unterwegs getroffen und ihr alles erzählt. Sie meinte, du brauchst nicht extra zum Spielplatz kommen. Ich meine, du ...« Er fing an zu stottern.

Ich sagte gar nichts.

»Wir haben gedacht, wir kommen einfach bei dir vorbei und holen uns die Geschichtshausaufgaben ab«, flötete sie.

Sie hatte seit kurzem ihre pechschwarz gefärbten Haare zu vielen kleinen Zöpfchen geflochten und sah ziemlich affig aus. Und diese Blicke, die sie Alex zuwarf! Einfach lächerlich!

»Sind wir zu früh da? Stören wir dich?«, fragte sie mich.

Wir, wir! Jenny tat gerade so, als gehörten sie und Alex zusammen.

Ein dunkelblaues Auto bog in unsere Einfahrt

ein. Mama, wieder mal total gestresst, stieg aus und wuchtete den Einkaufskorb von der Rückbank.

»Tut mir Leid, aber wir hatten noch drei Patienten und ich musste schließlich auch noch was einkaufen und ...« Sie starrte mich erschrocken an. »Julia, wie siehst du denn aus? Ist irgendwas passiert? Ist was mit Timmi?«

Der hatte inzwischen eine Tafel Schokolade im Einkaufskorb entdeckt und nervte rum, weil er sie gleich essen wollte.

»Willkommen im Irrenhaus«, murmelte Mama und schob ihn ins Haus. »Wollt ihr auch rein?«

Ich schüttelte den Kopf. Ein Gespräch zwischen Alex und meiner Mutter über meinen angeblichen Bruder hätte gerade noch gefehlt.

Alex war ein paar Schritte zurückgetreten und tat, als interessiere er sich brennend für unseren Vorgarten. Er schien sich ziemlich unbehaglich zu fühlen. Wahrscheinlich hatte er ein schlechtes Gewissen, weil er Jenny mitgeschleppt hatte.

»Und was machen wir jetzt?«, fragte er. Er versuchte zu lächeln und ich fand ihn so wahnsinnig süß, dass mir fast die Luft wegblieb.

Jenny kicherte blöde. »Wir warten drauf, dass Julia wieder ganz da ist und uns die Hausaufgaben gibt. Oder?«

Ich hätte sie erwürgen können, diese falsche Schlange. Hundertprozentig hatte sie in der Schule irgendwas von unserer Verabredung gehört und war Alex dann ganz »zufällig« über den Weg gelaufen. Zuvor hatte sie sich aber noch mit mindestens einem halben Liter Parfüm übergossen und sich am Lippenstift ihrer Mutter vergriffen. Und der geblümte Stretchrock gehörte bestimmt ihrer älteren Schwester; er warf nämlich dort Falten, wo bestimmt keine sein sollten. Ich fand, Jenny sah einfach unmöglich aus.

»... die Hausaufgaben«, sagte Alex und lächelte immer noch.

Ich riss mich zusammen. »Tut mir schrecklich Leid, aber ich bin noch nicht dazu gekommen, das Heft zu suchen«, behauptete ich. »Ich hab ein bisschen Gartenarbeit gemacht und überhaupt nicht mehr daran gedacht, dass du mich treffen wolltest, Alex.«

Das saß. Jenny schluckte. »Ist ja auch egal«, murmelte sie. »So wichtig ist Geschichte auch wieder nicht.«

Alex sah mich bittend an. »Wir haben Napoleon ja erst übermorgen wieder. Kannst du das Heft vielleicht morgen in die Schule mitbringen? Das wäre einfach toll von dir.«

Ich konnte nur nicken. Es hatte mich total erwischt. Ich hatte mich total in Alex verliebt.

»Prima«, sagte Jenny und nahm seine Hand. »Dann gehen wir mal wieder, ja?« Sie drehte sich noch mal um. »Ich wusste gar nicht, dass du im Garten arbeitest. Machst du das freiwillig oder zwingen dich deine Eltern dazu?«

Ich war sicher, dass Alex am liebsten im Boden versunken wäre, aber Jenny merkte natürlich nichts. Sie ist so sensibel wie eine Autobahnbrücke.

Alex winkte mir entschuldigend zu, dann verschwand er im Schlepptau von Jenny.

Ich stand noch immer an der Tür, als Mama herauskam, um die Sprudelkisten aus dem Kofferraum zu hieven. Zuerst wollte sie schimpfen, aber als sie mein Gesicht sah, lächelte sie leicht. »Sag mal, Julia, bist du etwa verliebt?«

Mit dem Ärmel wischte ich mir die Tränen aus dem Gesicht. »Nein, bin ich nicht!«, log ich. »Das waren bloß zwei aus meiner Klasse und ...«

»Ich verstehe.« Mama nickte. »Julia, wir können ganz offen miteinander reden. Es ist völlig normal in deinem Alter, dass man sich verliebt. Und manchmal ist man eben auch unglücklich verliebt. Sieh mal, als ich vierzehn war ...«

Ich hätte schreien können. Ich hatte nicht die geringste Lust mir Geschichten aus Mamas Jugend anzuhören. Das war *mein* Leben und sie hatte kein Recht ...

»Julia is' verliebt, Julia is' verliebt«, sang Timmi oben an der Treppe.

Ich rannte an ihm vorbei nach oben, in mein Zimmer.

»Mama, in wen is' Julia verliebt?«, hörte ich ihn fragen.

Ich warf mich auf mein Bett und beschloss, niemals so zu werden wie Mama. Und niemals ein Kind zu haben wie Timmi.

Beim Abendessen ging es gerade so weiter. Timmi fand es unheimlich witzig, immer wieder zu erzählen, dass ich verliebt war. Ich musste endlich handeln, bevor die ganze Nachbarschaft darüber informiert wurde!

»Ich hab heute eine Sechs in Geschichte kassiert«, sagte ich mit düsterer Stimme. »Ihr wisst ja, was das bedeutet.«

Mama und Papa sahen sich bloß an.

»Die beiden aus meiner Klasse, die heute Mittag da waren, wollten eigentlich mit mir lernen, aber ...« Ich überlegte schnell.

Timmi wollte gerade wieder irgendetwas Unpassendes sagen, da fiel es mir ein. Ich deutete mit dem Zeigefinger auf ihn. »Er hat so blöd rumgemacht, dass sie keine Lust mehr hatten und gegangen sind.«

Ich stand auf. Timmis Geheul ignorierte ich einfach. Mir war nämlich gerade eine hervorragende Idee gekommen. »Aber ich hab noch eine Chance in Geschichte«, sagte ich.

Meine Eltern sahen mich erwartungsvoll an.

»Napoleon will die nächste Hausaufgabe benoten. Wenn ich da eine Eins kriege, dann reicht es für die Drei in Geschichte und dann klappt die Versetzung. Vielleicht kann mir jemand von euch heute Abend ein bisschen helfen. Ich kann ja mal mein Geschichtsbuch runterbringen.«

Den Rest des Abends, während Mama meine Geschichtshausaufgaben erledigte, versuchte ich Hille zu erreichen. Ich musste unbedingt jemandem von Jennys unmöglichem Verhalten erzählen. Hille würde mich bestimmt verstehen.

»Sie ist ganz anders als ich. Viel praktischer und

robuster«, sagt meine Mutter. »Die Hiltrud wirft so leicht nichts um.« Vielleicht sind Hille und ich deshalb schon seit der Grundschulzeit befreundet.

Hille weiß immer für alles eine Lösung. Für fast alles jedenfalls. Als sie vor zwei Jahren unsterblich in Stefan Patschke verknallt war, ging sie auf dem Pausenhof einfach zu ihm hin und fragte ihn, ob er mit ihr gehen wolle.

Stefan war so verdattert, dass er vor Schreck sofort »Ja« sagte. Aber Hille stellte rechtzeitig fest, dass er doch nicht so toll war, und seitdem hat sie von Jungs ziemlich die Nase voll. Behauptet sie jedenfalls.

Bestimmt zehnmal wählte ich ihre Nummer, aber niemand meldete sich.

Ich setzte mich an meinen Schreibtisch und starrte in mein Englischbuch. Wenn ich jeden Tag zehn Vokabeln wiederhole, so hatte ich vor ein paar Wochen ausgerechnet, könnte ich mich kurz vor Schuljahresende noch mal abhören lassen und vielleicht irgendwas ausgleichen. Aber leider hatte ich nicht jeden Tag zehn Vokabeln wiederholt! Meistens war ich am Schreibtisch gesessen und hatte nur an Alex gedacht.

Jenny hatte sich ihm heute Nachmittag garantiert total aufgedrängt. Es war ganz deutlich zu sehen gewesen, wie peinlich er ihr Verhalten gefunden hatte. Vielleicht hatte ihm das die Augen geöffnet und …

Halt, sagte eine böse Stimme in mir. Wenn er sie so bescheuert findet, warum ist er dann mitgegangen, als sie ihn an der Hand nahm? Er hätte doch auch sagen können: »Hör mal, Jenny, ich will Julia besuchen. Ich bleibe hier.«

Hatte er nicht. Aber er hatte so lieb geguckt, als wollte er mich für alles um Entschuldigung bitten. Vielleicht ...

»Julia!« Mama riss mich aus meinen Gedanken. Diesmal war sie ohne anzuklopfen ins Zimmer gekommen. »Ach, du machst Englisch! Ich will dich gar nicht stören. Hier sind deine Geschichtshausaufgaben. Wenn das keine Eins gibt, dann weiß ich auch nicht. Du musst es nur noch abschreiben, in Ordnung?« Sie überreichte mir zwei eng beschriebene Blätter.

»Wahnsinn!«, rief ich. »Hast du noch so viel Ahnung von der Französischen Revolution?«

Mama lachte. »Ich hab die Tochter von Frau Bermann angerufen. Ulrike! Du kennst sie doch noch, oder? Sie studiert Geschichte und noch irgendwas in Berlin und hat sich gefreut, mal wieder von uns zu hören. Hätte ich alles aufgeschrieben, was sie mir zu dem Thema gesagt hat, dann könntest du Herrn Dieringer ein ganzes Buch abliefern. Wenn du noch Fragen hast, kannst du sie ruhig anrufen.«

»Danke, Mama!« Ich fiel ihr um den Hals.

Sie hatte ja keine Ahnung, wie sehr sie mir damit geholfen hatte. Alex würde staunen.

»Irgendwas stimmt mit dir nicht«, sagte Hille am nächsten Tag, als sie mich abholte. »Machst du dir immer noch Sorgen wegen Napoleon? Das mit der Sechs war aber auch wirklich gemein.«

Ich schüttelte den Kopf. »Nee, die Sechs hab ich schon verdaut. Außerdem hat er versprochen die Hausaufgabe zu benoten und damit kann ich die Sechs garantiert ausbügeln. Aber mir ist irgendwie übel. Ich glaube, ich hab gestern zu viel Schokolade gefuttert.«

Hille nickte verständnisvoll. Sie hat ziemliches Übergewicht, und das kommt nur von den vielen Süßigkeiten, die sie futtert. Sie behauptet zwar immer, sie habe so schwere Knochen, aber das glaubt sie wohl selber nicht.

Von meiner unglücklichen Liebe zu Alex wollte ich ihr lieber nichts erzählen. Erstens hatte ich Angst, dass sie mich auslachen würde. »Für den schwärmt doch jede. Fällt dir kein anderer ein?«, würde sie wahrscheinlich sagen. Und zweitens hatte ich so ein blödes Gefühl, als ob ich meine Gefühle dadurch entweihen würde, wenn ich darüber redete. Jedenfalls, solange alles so unklar war zwischen ihm und mir.

Denn ich hatte zwar eine Supergeschichtshausaufgabe, aber noch keine Idee, wie ich sie Alex präsentieren sollte.

Einfach zu ihm hinzugehen und ihm die beiden Blätter auf den Tisch zu legen war blöd. Traute ich mich auch nicht.

Aber von all dem wollte ich Hille nichts erzählen. Da war es schon besser, sich mit Übelkeit rauszureden.

Wir standen gerade an der Bushaltestelle, da hielt ein blaues Auto neben uns und Papa kurbelte das Fenster herunter. »Ich muss Timmi zum

Kindergarten fahren. Soll ich euch ein Stück mitnehmen?«

»Warum hast du nicht früher gesagt, dass du fährst?«

Papa lachte bloß. »Tut mir Leid, aber du warst so schnell aus dem Haus. Außerdem könnte es ja sein, dass ihr zwei lieber eure Ruhe habt und mit dem Bus fahren wollt.«

»Bloß nicht!« Hille verdrehte die Augen. »Im Bus kriegt man morgens keinen Sitzplatz, aber schlechte Laune. Rück mal 'n Stück.« Sie quetschte sich neben Timmi, der seinen ganzen Plüschtierzoo auf dem Rücksitz ausgebreitet hatte und sie sofort mit einem Tiger angriff.

Ich drehte mich zu ihr um. »Im Auto hingegen, neben meinem lieben Bruder, da kriegt man nur gute Laune.«

Hille lachte bloß.

»Du, Hille!« Timmi ließ ein giftgrünes Krokodil vor ihrem Gesicht zuschnappen. »Die Julia is' verliebt.«

Ich hätte ihn ohrfeigen können.

Papa sagte begütigend: »Mein lieber Timo, jetzt halt mal die Luft an und ärgere deine große Schwester nicht dauernd.«

Natürlich musste Timmi jetzt wieder eine Schau abziehen und tatsächlich die Luft anhalten.

Hille schüttelte ihn. »He, Timmi, du kannst wieder atmen.«

Wahrscheinlich hatte ich halblaut geseufzt, denn Papa sah mich von der Seite an. Sicher hatte Mama ihm schon von ihrem Verdacht, dass ich unglücklich verliebt war, erzählt und ihn gebeten mich wie ein rohes Ei zu behandeln.

»Ich fahr euch erst zur Schule«, sagte er. »Timmis Kindergarten kann noch einen Moment warten.«

Wenn Hille neugierig geworden war, so ließ sie es sich jedenfalls nicht anmerken. Den ganzen Vormittag tat sie so, als ob nichts sei. Aber ich hatte das Gefühl, jeder würde mir ansehen, wie verliebt ich war.

Alex hatte verschlafen und kam erst zur dritten Stunde. Ich spürte meinen Herzschlag, als er an mir vorbei zu seinem Platz ging.

Genau in dem Moment rief mich Frau Faulhaber-Enderlein, unsere Französischlehrerin, auf. Normalerweise habe ich bei Übersetzungen keine Schwierigkeiten, wenigstens keine besonders großen. Aber es ging gar nichts. Ich konnte überhaupt keinen klaren Gedanken fassen. In meinem Kopf kreiste immer nur »Alex« und »Soll ich in der nächsten Pause einfach zu ihm hingehen und ihm meine Hausaufgaben auf den Platz legen?«

Die Faulhaber-Enderlein wartete immer noch auf meine Übersetzung. Es hätte mich nicht gewundert, wenn sie gesagt hätte: »Julia, täusche ich mich oder bist du vielleicht verliebt?«

Ich versuchte mich zu konzentrieren, übersetzte auch ungefähr ein Drittel des Satzes, bis Hille mich durch nervöses Räuspern zum Schweigen brachte.

Die Faulhaber-Enderlein guckte vielsagend und meinte schließlich, manche Leute müssten ihre Vokabeln eben gründlicher lernen. Dann nahm sie Eileen dran, die drei Sätze mühelos übersetzte. Kein Wunder, die hatte auch nicht meine Probleme.

Ich blickte auf die Uhr. Noch zwanzig Minuten, dann war große Pause. Einerseits konnte ich es kaum abwarten, andererseits hatte ich ziemlich Angst davor.

Würde irgendjemand eine blöde Bemerkung machen, wenn ich Alex die Hausaufgaben gab? Vielleicht sagt er ja auch nur »danke« und das war's dann, überlegte ich.

Ich seufzte leise.

Hille sah mich von der Seite an. »Mach dir keine Sorgen, das wird schon wieder.«

Ich sah sie verblüfft an. Konnte Hille Gedanken lesen?

»Die Faulhaber gibt dir keine Note dafür«, flüsterte sie mir zu. »Die ist nicht so gemein wie Napoleon.«

Ich nickte. Hille würde ich besser nichts von meinem Problem erzählen. Mädchen, die wie Hille auf dem Pausenhof einfach zu einem Jungen gehen und ihm sagen, dass sie ihn nett finden, konnten mein Problem bestimmt nicht verstehen.

Niemals würde ich es schaffen, mich ganz locker mit Alex zu verabreden. Stattdessen würde ich irgendwas Sinnloses herumstottern oder ihm wortlos mein Heft in die Hand drücken.

Ich musste schon wieder geseufzt haben, denn

Hille stieß mich warnend an. »Die Faulhaber guckt schon«, flüsterte sie. »Blätter endlich um, wir sind eine Seite weiter.«

Es gongte zur großen Pause und ich holte tief Luft. Gleich würde ich aufstehen und so tun, als sei mir gerade eben die Sache mit den Geschichtshausaufgaben eingefallen. Dann wollte ich Alex freundlich zuwinken und ...

»Ich diktiere euch jetzt noch schnell, was ihr für die Arbeit übermorgen unbedingt wiederholen müsst«, sagte die Faulhaber und suchte in ihrer abgeschabten braunen Aktentasche nach irgendwelchen Kopien, die sie uns unbedingt noch austeilen wollte.

Ein paar Jungs murrten laut rum, dass sie jetzt wirklich nichts mehr aufnehmen könnten und außerdem sei Pause.

»Wir haben auch ein Recht auf Freizeit«, rief Jonas. Seine Stimme kiekste dabei und alle lachten.

Mein Geschichtsheft lag inzwischen unter dem Französisch-Buch auf der Bank. Ich hatte einen neuen Plan. Garantiert wollte Alex die Hausaufgaben von mir. Wenn er in die Pause ging, musste er an mir vorbei. Ich würde dann nur kurz fragen »Willst du?«, und ihm das Heft entgegenstrecken.

Das war, fand ich, für den Anfang nicht schlecht. Immerhin musste er mir die Hausaufgaben ja wieder zurückgeben und bei der Gelegenheit würde sich bestimmt was ergeben. Oder ich könnte ihn nachmittags anrufen und ihm noch mal sagen, dass er das Heft am nächsten Tag unbedingt mitbringen soll. Am Telefon wäre alles viel einfacher.

Die Faulhaber diktierte uns mindestens drei Grammatik-Kapitel, die wir lernen sollten.

Hille schrieb eifrig mit. »Uff«, machte sie schließlich, »wenn die wirklich alles dranbringt, was sie aufgezählt hat, dann kann ich die nächsten drei Tage pausenlos lernen. Geht nicht.« Sie lachte kurz. »Also kann ich es gleich lassen. Gehen wir in die Pause?«

Ich schüttelte den Kopf. Betont unauffällig drehte ich mich um. Alex saß immer noch an seinem Platz und schrieb. Wahrscheinlich war er gerade mit den Hausaufgaben für die nächste Stunde beschäftigt.

Hille musterte mich nachdenklich. »Ich muss mir was zu essen kaufen.« Sie öffnete ihre Frühstücksbox. »Radieschen. Igitt. Ich hab es gleich geahnt, als meine Mutter ...«

Alex war aufgestanden und kramte in seiner Schultasche.

Hille sah mich erwartungsvoll an. »Kommst du jetzt?«

»Ich hab dir doch gerade schon gesagt, dass ich im Klassenzimmer bleibe!«, fuhr ich sie an.

Sie zuckte zusammen. »Mensch, hast du vielleicht eine Laune. Na, dann bis später.«

Ich drehte kurz den Kopf. Alex hatte sich eine Dose Mineralwasser aus seiner Tasche geholt und kam auf mich zu.

»Alex, ach übrigens ...« Das war meine Stimme, die sich so krächzend anhörte.

»Alex!« Eileen stand an der Klassenzimmertür und strahlte. »Jenny hat ihre Eltern gefragt. Es klappt mit der Party. Kommst du mit in die Pause?«

Ich saß da, die Supergeschichtshausaufgabe, von meiner Mutter und einer Geschichtsstudentin im 5. Semester erstklassig erledigt, in der Hand. Am liebsten hätte ich geheult, als er mit Eileen verschwunden war.

»Alex?!« Hille hatte sich neben mich gesetzt.

Leugnen half nichts. Hille hatte die ersten fünf Lebensjahre bei ihren Großeltern auf einem Bauernhof gelebt, bevor ihre Mutter wieder geheiratet und sie zu sich genommen hatte. Aus dieser Bauernhof-Zeit hat meine Freundin ein untrügliches Gespür für alles. »Ich hab schon Tage vorher gewusst, wann die Kälbchen auf die Welt kommen. Oder dass ein Tier nicht mehr lange zu leben hat«, hatte sie mir vor einiger Zeit erzählt. »Meine Oma hat immer gesagt, dass vor mir nichts verborgen bleibt.«

Jedenfalls hatte meine Freundin klar erkannt, was mit mir los war. Ich sah mich um. Außer uns beiden war niemand mehr im Klassenzimmer. Ich nickte.

»Uff«, machte Hille zum zweiten Mal an diesem Tag. Sie sah mich halb mitleidig, halb bewundernd an. »Da hast du dir ja was Schönes vorgenommen.«

Ich versuchte zu grinsen. »Vorgenommen hört sich gut an. Es ist ja eigentlich nur passiert, weil du gestern in Geschichte rausgerannt bist. Napoleon hat ihn neben mich gesetzt und ganz plötzlich hab ich gemerkt, dass ich ihn nett finde. Unheimlich nett, ehrlich gesagt.« Nie im Leben hätte ich zugegeben, dass ich schon viel länger in Alex verliebt war. Das würde ich nicht einmal Hille gestehen.

»Die Konkurrenz ist hart«, stellte meine Freundin nach einer Weile fest. »Sag mal, willst du dein Brot nicht essen?«

Ich schob ihr mein Käsebrot rüber und schüttelte den Kopf.

»Was heißt hier ›Konkurrenz‹? Meinst du, ich hab mir Alex ausgesucht?« Ich spürte, wie mir die Tränen kamen. »Hille, es ist ganz bescheuert. Ich hab immer gedacht, verliebt sein ist schön. Aber im Moment fühl ich mich ganz einfach mies. Weißt du, es hat mich einfach so erwischt. Mir ist natürlich klar, dass alle für Alex schwärmen. Du auch?«

Sie nahm einen extra großen Bissen von meinem Käsebrot und kaute langsam. »Ein bisschen schon«, gab sie nach kurzem Zögern zu. »Aber zu deinen Gunsten würde ich sofort auf ihn verzichten. Wir sind ja schließlich Freundinnen.«

Sie lächelte mich an und einen Moment lang hatte ich ein schlechtes Gewissen, dass ich ihr nicht früher von meinen Gefühlen für Alex erzählt hatte.

Sie schüttelte den Kopf. »Außerdem hab ich im Moment andere Probleme. Zum Beispiel wie ich das Schuljahr schaffe. Und wie ich endlich zu einem Ferienjob komme, der wirklich Geld bringt.«

Ich nickte mitfühlend. »Und was ist mit deinen Bewerbungen? Alfa-Phone und so?«

»Mist, Mist, Mist!« Hille schob sich wütend den letzten Rest meines Brotes in den Mund. »Ich hatte doch gestern Abend einen Vorstellungstermin. Himmel, die machen ein Theater, als ob man sich um eine Lebensstellung bewirbt. Dabei will ich bloß einen Job für vier Wochen in den Sommerferien.«

»Ist nicht gut gelaufen, oder?«

Sie lachte spöttisch. »Nicht gut gelaufen, ha! Das hast du nett ausgedrückt. Weißt du, was man da machen sollte?« Sie verdrehte die Augen. »Ich sollte mich als Handy verkleiden und in der Fußgängerzone Flugblätter ...«

»Als Handy? Du spinnst!«

»Leider nicht! Als Handy! Giftgrün! In so 'ner komischen Plastikhülle! Aber richtig schlimm wurde es erst, als ich dann lauter blöde Fragen beantworten sollte. Warum auch Kinder Handys brauchen und so. Mir fiel überhaupt nichts ein. Kannst du dir vorstellen, dass ich richtig sprachlos war?« Sie holte tief Luft. »Jedenfalls werde ich die Sommerferien nicht in einer giftgrünen Plastikhülle verbringen. Auch ein Trost.«

»Und jetzt?«

Sie versuchte zu grinsen, aber es missglückte ziemlich. »Ich hab noch drei Bewerbungen laufen und auf eine davon bin ich ziemlich scharf. *Mode-Med* in der Eisenbahnstraße. Das ist was Seriöses, sagt meine Mutter. Ich hab gehört, dass man dort die Sachen, die nicht so gut gehen, zum absoluten

Sonderpreis bekommt, wenn man Mitarbeiter ist. Das wär was für mich.« Sie seufzte. »Aber wahrscheinlich sind meine Chancen wieder gleich null.«

»Aber du bist doch sonst so ...« Ich überlegte kurz. »Ja, so selbstsicher. Bei Napoleon einfach so zu tun, als ob dir schlecht ist und eine ganze Stunde draußen zu bleiben. Also, ich hätte mich das nicht getraut.«

»Das war kein Problem. Da hatte ich nichts mehr zu verlieren. Napoleon weiß so oder so, dass ich Geschichte nicht blicke. Ich hatte bloß keine Lust, mir wieder das übliche ›Du solltest aber endlich mal was lernen, meine liebe Hiltrud‹ anzuhören. Aber der Ferienjob, das ist was ganz anderes. Da geht es um was.«

Ich musste lachen. »Ich bewerb mich für dich und du regelst dafür die Sache mit Alex.«

Wir kicherten beide immer noch, als sich zur nächsten Stunde das Klassenzimmer langsam wieder füllte. Erst als ich Alex mit Jenny im Schlepptau sah, hörte ich auf zu kichern.

Die nächsten Tage waren öde: drei Klassenarbeiten und dann wurde auch noch der Sporttag abgesagt. Und das, wo ich mich so darauf gefreut hatte! Immerhin wären zwei Stunden Mathe dafür ausgefallen.

Außerdem hatte Timmis Kindergarten wegen Verdacht auf Kopfläuse geschlossen und mein Bruder war den ganzen Tag zu Hause. Es war einfach nicht zum Aushalten.

Einen kleinen Lichtblick gab es: Jenny schien krank zu sein. Hille vermutete, dass die Häufung von Klassenarbeiten bei ihr irgendeine Krankheit ausgelöst haben könnte. Jedenfalls wäre rein theoretisch die Bahn frei gewesen für mich. Ich hätte mich in der Pause neben Alex stellen und ein bisschen mit ihm flirten können, mich mit ihm für den Nachmittag verabreden können ...

Na ja, das war die Theorie. Stattdessen wartete ich vergeblich darauf, dass er mich wegen der Geschichtshausaufgabe ansprach. Aber er schien es vergessen zu haben, genauso wie Napoleon, der überhaupt nicht daran dachte, unsere Hefte einzusammeln.

Am zweiten Tag, direkt nach der Mathearbeit, schleppte Hille mich auf den Pausenhof.

»Du musst was unternehmen, sonst wird das nichts. Außerdem kann dir Jenny im Moment nicht in die Quere kommen, das musst du ausnutzen«, hatte sie mir am Telefon mindestens dreimal gesagt.

Natürlich wusste ich, dass sie Recht hatte. Denn an den Märchenprinzen, der plötzlich vom Himmel fällt, glaubte ich eigentlich auch nicht mehr so richtig.

»Der Pausenhof ist genau richtig«, meinte sie. »Da fällt es gar nicht auf, wenn du mit ihm redest.«

Irgendwie gelang es Hille in der großen Pause, sich direkt neben Alex zu stellen. Ich schob mich unauffällig neben die beiden.

Sie boxte ihn freundschaftlich in die Seite. »Na, hast du die Arbeit auch verhauen?«

Er grinste matt. »Ich hab meine eigenen Rechenwege entwickelt. Wahrscheinlich entsprechen die nicht so ganz den Lehrbüchern, nach denen die Frederici rechnet.«

»Hauptsache, das Ergebnis stimmt«, hörte ich mich sagen.

Alex sah mich kurz an, dann nickte er.

Hille zwinkerte mir zu.

»Du musst einfach drauflosreden«, hatte sie mir im Klassenzimmer eingeschärft. »Sei einfach ganz normal, schimpf ein bisschen auf die Schule und so. Dann schlag ich vor, dass wir uns heute Nachmittag alle zum Lernen treffen und aus irgendeinem Grund klappt es dann bei mir nicht. Was hältst du davon?« Tolle Idee, Hille, hatte ich gesagt und mich oben im Klassenzimmer auch noch ganz prima gefühlt.

Aber jetzt, im Pausenhof, Alex direkt gegenüber, bekam ich wieder keinen vernünftigen Satz zustande. Ich fand, dass alles, was ich sagte, unheimlich lahm und unwichtig klang. Dabei hätte ich ihm so viel zu erzählen gehabt.

»Wir wollen heute Nachmittag ein bisschen für Physik lernen«, sagte Hille. »Was hältst du davon –«

»So, junger Mann!« Der Hausmeister tippte Alex mit bösem Gesicht auf die Schulter. »Jetzt hab ich dich endlich erwischt.«

Alex drehte sich um. »Was? Wen haben Sie erwischt? Ich ...«

Der Hausmeister schüttelte den Kopf. »Der Kaugummi auf der Treppe ist von dir. Du hast ihn heute Morgen einfach fallen lassen, das hat jemand beobachtet. Du kommst jetzt auf der Stelle mit, Freundchen, und kratzt ihn weg, sonst gibt es massiven Ärger.«

Alex protestierte ein bisschen, aber es half nichts.

»Was hältst du davon, mit uns Physik zu lernen?«, rief Hille ihm noch hinterher, aber er hörte es schon nicht mehr.

»Oh, Mann«, sagte sie zu mir, »ich fürchte, das gibt noch ein ganz schönes Stück Arbeit.«

»Übrigens«,

sagte Hille, während sie an meiner kaputten Schreibtischschublade herumreparierte, »weißt du schon, dass Jenny ein Sommerfest macht?«

»Hör auf zu wackeln«, murmelte ich. Ich sah nur flüchtig hoch. »Wenn wir die nächste Aufgabe nicht rauskriegen, krieg ich die Krise. Warum klappt das nicht? Ich hab doch die Formel richtig umgestellt, oder hab ich mich irgendwo verrechnet? Guck doch auch mal!«

Aber Hille hatte bereits aufgegeben.

»Weißt du, dass sie Alex als einzigen Jungen aus der Klasse eingeladen hat?« Hille kritzelte kleine Männchen auf ihr Blatt und sah mich an. »Merkst du was?«

Ich nickte. »Klar, ich bin doch nicht blind. Und Eileen ist mit Jenny befreundet und auch total in Alex verknallt. Aber wahrscheinlich hat Jenny bessere Chancen. So, wie die tut! Meinst du, er ist in sie verliebt?«

Hille überlegte kurz. »Nein, denke ich nicht. Ich

meine, wenn sie ihn ruft, dann kommt er immer und holt ihr auch was zu trinken und so. Aber richtig verknallt ist er bestimmt nicht in sie. Er hat ja noch nicht mal zugesagt, dass er zum Sommerfest kommt.«

»Woher weißt du das denn alles?«

»Siebter Sinn!« Sie lachte laut. »Nein, im Ernst, auf dem Heimweg hab ich die halbe Klasse getroffen. Ehrlich gesagt, es waren bloß Carlo und Julian und ich glaube, die beiden sind ziemlich sauer, dass sie nicht eingeladen wurden. Julian zumindest, er war doch immerhin mal so halb mit Eileen befreundet.«

»Wenn Alex nicht zugesagt hat, dass er zum Fest kommt, dann ...«

»... kann das ganz unterschiedliche Gründe haben«, unterbrach mich meine Freundin.

»Dann hab ich rein theoretisch eine Chance«, sagte ich, ohne auf ihren Einwand zu achten. »Ich müsste ihm einfach die Möglichkeit geben, mich kennen zu lernen. Vielleicht würde er sich dann ja in mich verlieben. Ich meine, so schlecht sehe ich auch nicht aus.«

Meine Freundin musterte mich. »Nee, so schlecht siehst du nun wirklich nicht aus.«

Hinterher ärgerte ich mich über ihre Äußerung. Ich fand, ich sah eigentlich ziemlich gut aus. Besser als Hille mit ihrem Übergewicht jedenfalls. Und die langen Haare standen mir sehr gut, behauptete zumindest Mama.

Aber das half alles nichts, wenn ich mich nicht traute Alex anzusprechen.

Die Physikarbeit war ätzend. Hätte ich gestern gelernt, anstatt mit Hille über Alex zu reden, dann wäre sie natürlich zu schaffen gewesen, aber so ...

Hille ging es genauso. Sie warf mir immer wieder verzweifelte Blicke zu, aber ich schüttelte nur den Kopf. Wenn sie auf meine Hilfe gehofft hatte, dann war das Fehlanzeige. Ich wusste genauso wenig wie sie.

»Noch drei Stunden«, stöhnte sie, als wir alle abgegeben hatten. »Und davon zwei Stunden Deutsch. Ich hab keine Ahnung, wie ich das überstehen soll. Und dann heute Nachmittag wieder ein Vorstellungsgespräch.«

Ich nickte, aber ich war in Gedanken ganz woanders. Bei Alex natürlich. Gestern Nacht hatte ich wieder von ihm geträumt. Was genau in dem Traum passiert war, wusste ich nicht mehr, aber schon allein der Gedanke, dass Alex in meinen Träumen auftauchte, machte mich glücklich.

Deshalb hatte ich auch bis zum Frühstück gute Laune gehabt. Aber spätestens, als Timmi mir seinen Kakao über die weiße Jeans geschüttet hatte, war die Stimmung beim Teufel gewesen. Ich hatte Timmi angebrüllt und er war heulend zu Mama gerannt und ich hatte mir wieder das Übliche anhören können: »Du als ältere Schwester ... finde ich sehr enttäuschend ...«

Ich hatte die Jeans sofort in die Waschmaschine zur Neunzig-Grad-Wäsche gesteckt, aber ich war mir nicht sicher, ob die widerlichen Flecken wirklich rausgehen würden.

»He, Julia, du hörst mir ja gar nicht zu!«, beschwerte sich Hille.

»Doch. Klar hab ich dir zugehört«, behauptete ich. Ich schob ihr die Praline rüber, die Mama mir als kleines Trostpflaster wegen der Jeans mitgegeben hatte.

Hille zögerte. »Eigentlich sollte ich ja weniger essen, aber ...« Und schon hatte sie die Praline ausgewickelt und in den Mund gesteckt.

Die nächste Stunde hatte begonnen. Deutsch bei Dr. Eichenkamp. Normalerweise schlief ungefähr die Hälfte der Klasse, aber zurzeit machte es uns sogar Spaß. Einigen von uns wenigstens, die nicht wie ich Liebeskummer oder wie Hille Probleme mit dem Ferienjob hatten.

Wir sollten Werbung machen für den Tag der offenen Tür an unserer Schule.

»Flugblätter, Plakate, alles, was ihr wollt«, hatte Eichenkamp gesagt. »Hauptsache, ihr schafft es, möglichst viele Leute für unsere Schule zu interessieren oder zu begeistern. Mit welchen Mitteln ihr das erreicht, ist egal.«

Aber den Vorschlag von Dirk, ein *Playboy*-Titelbild zu verwenden, hatte er dann doch abgelehnt.

Eichenkamp holte Alex an die Tafel. Er sollte die Vorschläge der Klasse notieren. Aber natürlich hatte niemand eine Idee. Kein Wunder nach der stressigen Physik-Arbeit. Alex jonglierte mit der Kreide und grinste, als Oleg in der letzten Bank irgendwelche Faxen machte.

Als Jenny ihren Kosmetikspiegel herauszog und

sich verliebt anlächelte, bekam Eichenkamp einen Nervenzusammenbruch. »So kommen wir nicht weiter«, schimpfte er und schickte Alex zurück an seinen Platz.

Noch zwanzig Minuten, signalisierte mir Hille. Sie schob mir einen kleinen Zettel rüber. Zu flüstern wagte sie nicht. Eichenkamp konnte manchmal ziemlich unangenehm werden und im Moment war er auf 180.

Hast du noch mehr Pralinen?, stand auf dem Zettel.

Ich schüttelte den Kopf.

»Julia!« Die Stimme unseres Deutschlehrers hatte einige Dezibel zu viel.

Ich schreckte hoch.

»Du hast es nicht kapiert, oder?«

»Ehm, doch, na klar«, behauptete ich. Natürlich hatte ich keinen Schimmer, wovon er sprach.

»Also dann erklär doch bitte noch mal allen die Technik des Umwegs«, forderte Dr. Eichenkamp mich auf. »Du kannst es gerne auch anhand eines Beispiels versuchen. Aber bitte nicht zu abwegig, klar?«

Technik des Umwegs? Nicht zu abwegig? Was hatte das mit dem Deutschunterricht oder dem Tag der offenen Tür zu tun? Sollten vielleicht die Autos umgeleitet werden, damit der einzige Parkplatz vor der Schule nicht total blockiert wurde? Ich sah Hilfe suchend zu Hille rüber, aber die musste auch passen.

»Also, Technik des Umwegs bedeutet …«, fing ich an.

Manchmal wirkt das bei Eichenkamp. Er hört sich furchtbar gerne selbst reden und oft ist es mir schon passiert, dass ich einen Satz angefangen habe und mitten im Wort von ihm unterbrochen wurde. Dann lobte er mich hinterher, weil ich das angeblich sehr schön gesagt hätte. Auf diese Karte musste ich setzen.

Doch das zog heute bei Eichenkamp nicht. Er machte keinerlei Anstalten mich zu unterbrechen. Stattdessen starrte er in das Klassenbuch, das er aufgeschlagen vor sich liegen hatte, und musterte die lange Liste der fehlenden Schüler.

»Ist bei euch die Pest ausgebrochen?«, erkundigte er sich bei Benedikt in der ersten Reihe. Dann wandte er sich wieder an mich. »Also, Julia, bist du schon ein kleines Stückchen weitergekommen oder befindest du dich immer noch in der Aufwärmphase?«

Ich schüttelte bloß den Kopf.

»Damit ihr seht, was ihr an mir habt, erklär ich euch das jetzt noch mal«, sagte er und klappte das Klassenbuch entschlossen zu. »Dieses Mal ganz exklusiv für unsere liebe Julia und auch für Alex. Der hat garantiert auch nicht mehr mitgekriegt, stimmt's?«

Vielleicht lag es daran, dass er unsere Namen in einem Satz nannte. Jedenfalls passte ich plötzlich auf.

»Man kann natürlich in der Werbung auch ganz plump mit der Tür ins Haus fallen«, dozierte Dr. Eichenkamp und spazierte dabei durch die Reihen. »Also den Leuten gleich im ersten Satz sagen, worum es geht. Zum Beispiel: Kauft alle das Waschmittel x, denn x wäscht am weißesten.« Seine Stimme hob sich. Er nahm Jenny den Taschenspiegel aus der Hand. »Konfisziert! Am letzten Schultag kannst du ihn dir wieder abholen.«

Ohne auf ihre wütenden Proteste zu hören, fuhr er fort. »Aber das ist langweilig. Schrecklich langweilig. Viel sinnvoller ist es, erst eine Spannung aufzubauen. Der Empfänger der Nachricht kann ruhig eine Weile im Unklaren darüber gelassen werden, was ich eigentlich will. Beispiel: Wenn ich für ein Waschmittel werbe, erzähle ich eine Geschichte, die erst mal gar nichts damit zu tun hat. Erst am Schluss verrate ich dann, um welches Produkt es eigentlich geht. Alles klar? Das nennt man die Technik des Umwegs. Habt ihr's jetzt alle kapiert?«

Niemand sagte was.

Eichenkamp nickte. »Hausaufgabe für euch: Denkt euch einen tollen Einstieg in unsere Werbung für die Schule aus. Versucht es mal mit der Technik des Umwegs. Schriftlich, damit wir uns verstanden haben!«, fügte er noch hinzu, als es bereits geläutet hatte.

Zu Hause hatte ich an diesem Tag endlich mal meine Ruhe, denn Mama war mit Timmi beim Arzt. Mein Bruder kratzte sich seit Tagen ständig am Kopf und es war nicht sicher, ob er nicht doch vielleicht Läuse hatte.

Ich schob mein Essen in die Mikrowelle, schaltete den Fernseher ein und ignorierte die reizen-

den Aufforderungen, die Mama mit gelben Zettelchen an die Küchentür geklebt hatte.
Bitte Spülmaschine ausräumen!
Müll runtertragen!
Als ich mir einen Becher Schokoladenpudding aus dem Kühlschrank nahm, fiel mir wieder meine verkleckerte Jeans ein und ich rannte in den Keller, um sie aus der Waschmaschine zu holen.

Fehlanzeige: Das Waschmittel hatte total versagt. Die Kakaoflecken schienen sich eher noch vermehrt zu haben, aber dafür war die Hose um einiges eingelaufen. Im ersten Moment hätte ich sie am liebsten weggeworfen, aber als ich daran dachte, wie teuer sie gewesen war, beschloss ich, systematisch vorzugehen. Zuerst musste ich die Flecken rauskriegen, weiten würde sie sich von allein, wenn ich sie oft genug anzog. So war es mir jedenfalls bisher immer mit meinen Jeans gegangen.

Ich holte Gallseife und eine Nagelbürste und stellte mich im Bad ans Waschbecken. Dann schrubbte ich mit aller Kraft an der Hose herum. Von unten dröhnte der Fernseher – Werbung – und ich ärgerte mich, dass ich ihn nicht leiser gestellt hatte. Dann fielen mir wieder die Deutschstunde und die Hausaufgabe ein, und je länger ich die Kakaoflecken mit Seife und Nagelbürste bearbeitete, umso mehr formte sich ein Gedanke in meinem Hinterkopf.

Natürlich, genau das war die richtige Technik. Die Technik des Umwegs! Ich würde sie einfach etwas umwandeln. Das war genial! Warum war ich nicht schon viel früher drauf gekommen? Das lag doch eigentlich auf der Hand. Nur so würde ich es schaffen, Alex ganz locker gegenüberzutreten und zu sagen: Du Alex, ich finde dich unheimlich nett. Wollen wir uns nicht mal treffen?

Ich war so begeistert von meiner Idee, dass mich die restlichen Flecken auf der Jeans überhaupt nicht mehr störten.

Stattdessen hängte ich mich sofort nach dem Essen ans Telefon. Meine Idee war so klasse, dass auch Hille sie problemlos für ihre Jobsuche verwenden konnte.

Meine Freundin klang ziemlich verschlafen, als sie sich ungefähr nach dem dreizehnten Klingeln endlich meldete.

»Ich will fit sein für das Vorstellungsgespräch heute Nachmittag«, erklärte sie mir gähnend. »Fitness ist heutzutage alles, sagt mein Vater jedenfalls. Hast du die Hausaufgaben schon gemacht? Dann könntest du mir nämlich schnell ein paar Sachen diktieren. Ich komm heute bestimmt nicht mehr dazu.«

»Mit solchen Kleinigkeiten wie Hausaufgaben konnte ich mich leider nicht abgeben«, kicherte ich.

»Ah ja«, sagte Hille nur. »Bist du deshalb so guter Laune?«

»Na endlich hast du's geblickt! Weißt du, zum ersten Mal im Leben habe ich das Gefühl, in der Schule wirklich was gelernt zu haben. Nicht so was Blödes wie die Berechnung der Dioptrienwerte oder so was. Das vergisst man spätestens nach der

Arbeit. Ich hab heute was gelernt, was man wirklich gebrauchen kann.«

»Ah ja«, sagte Hille wieder und gähnte ziemlich laut. »Kann es sein, dass ich das zufällig nicht mitgekriegt habe? Oder bildest du dir das Ganze vielleicht nur ein? Na ja, du verrätst mir sicher, was es ist, stimmt's?«

Sie klang nicht sehr begeistert. Mir war klar, dass ich sie am Telefon von meiner Idee nicht würde überzeugen können.

»Hille, du musst unbedingt vorbeikommen. Du wirst staunen«, sagte ich mit beschwörender Stimme. »Dein Vorstellungsgespräch heute Nachmittag kannst du absagen. Was ich entdeckt habe, löst alle deine Probleme. Glaub mir.«

Sie lachte nur. »Ach, hast du einen Job für mich?«

»Das hab ich nicht behauptet, aber ich weiß, wie du das Problem lösen kannst. Ich weiß jetzt nämlich auch, wie ich es schaffen kann, mich an Alex ranzutrauen.«

Das war mein Joker. Hille stutzte. »Und was hat das eine mit dem anderen zu tun?«

»Das verrat ich dir, wenn du vorbeikommst. Bei mir ist niemand zu Hause, wir sind also völlig ungestört. Übrigens, ich hab noch zwei Becher Schokoladenpudding im Kühlschrank.«

Vielleicht war es der Hinweis auf den Schokopudding, der Hille motivierte, tatsächlich zehn Minuten später vor dem Haus zu stehen.

»Also, dann lass mal hören«, sagte sie, während

sie den Pudding löffelte, der eigentlich für Timmi bestimmt war. »Aber beeil dich, ich hab in einer Stunde den Termin.«

Um sie bei Laune zu halten, holte ich den zweiten Pudding aus dem Kühlschrank und stellte ihn vor Hille auf den Tisch.

»Danke für den Pudding. Meine Mutter hat mich auf Diät gesetzt«, jammerte sie. »Schieß endlich los.«

»Du hast doch heute Vormittag im Deutschunterricht mitgekriegt, wie Eichenkamp lang und breit die Technik des Umwegs erklärt hat«, sagte ich.

Hille sah mich verständnislos an. »Tut mir Leid, ich hab überhaupt nicht zugehört. Ich hab fast die ganze Zeit überlegt, wie viele Punkte ich in der Physik-Arbeit brauche, um einigermaßen durchzukommen. Leider kann ich mich überhaupt nicht mehr erinnern, ob ich die dritte Aufgabe überhaupt gemacht habe. Weißt du, auf dem Arbeitsblatt war das so unübersichtlich. Alle anderen Lehrer schreiben mit Computer, bloß ...«

»Das ist jetzt unwichtig«, unterbrach ich sie. »Du kannst dich ja morgen beschweren.«

»Toll!« Hille klang ziemlich sauer. »Erst weckst du mich und bestellst mich her, als ob Wunder was passiert ist. Und dann interessierst du dich nicht die Bohne für meine Physikarbeit. Für mich hängt einiges davon ab, das kann ich dir sagen.« Sie beugte sich zu mir vor. »Wenn du mir nicht innerhalb der nächsten fünf Minuten klar und deutlich deinen Superplan erklärst, dann geh ich nämlich. Ich hab noch was zu erledigen. Zum Beispiel ein Vorstellungsgespräch.«

Ich schob ihr den zweiten Puddingbecher direkt vor die Nase.

»Fünf Minuten«, wiederholte sie, während sie den Deckel abriss.

»In Ordnung! Ich hoffe, du kapierst das so schnell.«

Hille nickte bloß. Falls sie beleidigt war, so ließ sie es sich jedenfalls nicht anmerken.

»Es ist ganz einfach. Mein Problem mit Alex ist, dass er so wichtig für mich ist. Zu ihm könnte ich niemals sagen: Ich finde dich nett oder so was Ähnliches. Ich würde anfangen zu stottern oder rot werden und nicht wissen, wohin ich gucken soll und so. Verstehst du?«

Hille kratzte den letzten Rest Pudding aus dem Becher und nickte. »Verstanden! Und weiter?«

Ich stand auf. Ich fand meine Idee so großartig, dass ich nicht ruhig sitzen bleiben konnte. »Ich muss einfach einen Umweg wählen.«

»Umweg?« Hille verkniff sich ein Grinsen. »Das heißt, du überfällst ihn seitlich, oder wie?«

»Mensch, Hille, kapier doch! Der Umweg besteht darin, dass ich einfach woanders übe. Ich werde einen Jungen anquatschen und mich mit ihm verabreden. Das wird nicht so schwer sein, weil ich ja nicht in ihn verliebt bin. Wenn ich das ein paar Mal geübt habe, fällt es mir hundertprozentig nicht mehr schwer, auf Alex zuzugehen.«

»Aber du bist ja dann immer noch in ihn verliebt«, warf Hille ein. Sehr überzeugt von meinem Plan schien sie nicht zu sein.

»Klar«, musste ich zugeben, »aber ich hab dann schon eine gewisse Übung. Ich stell mir das vor wie beim Schlittschuhlaufen oder Inlineskaten. Die ersten zwei Male war das furchtbar aufregend für mich, aber irgendwann fand ich es ganz normal, mit den Skates in die Stadt zu fahren oder mit den Schlittschuhen Figuren zu laufen. Und genau so wird es mir mit Alex gehen, das schwör ich dir.«

»Kann ja sein. Und was ist mit meinem Ferienjob? Du hast doch behauptet, diese komische Technik würde mir helfen endlich einen Job zu finden.«

Ich lachte. »Klar, ganz einfach. Du musst es genauso machen wie ich. Bewirb dich einfach dort, wo du auf keinen Fall hinwillst. Dann gehst du zum Vorstellungsgespräch und sammelst Erfahrungen. Wenn du dich dann für einen Job bewirbst, der dich wirklich interessiert, bist du total locker. Einfach weil du dich auskennst, weil ...«, ich überlegte kurz, wie ich es Hille klar machen konnte, »... ja, weil es für dich wie Alltag ist.«

Ich sah Hille fragend an. Wenn sie beeindruckt war, so zeigte sie es in keiner Weise.

»Na ja, ich werd's mir mal überlegen«, sagte sie bloß. »Drück mir die Daumen. In zwanzig Minuten muss ich im Industriegebiet sein. Sie suchen jemanden zum Waren auffüllen. Vielleicht klappt es ja diesmal. Ohne Umweg wäre es mir – ehrlich gesagt – am liebsten.«

Eine halbe Stunde später kamen Timmi und Mama zurück. Das mit den Läusen war Fehlalarm gewesen, aber mein Bruder kratzte sich immer noch am Kopf.

»Gewöhn dir das bloß ab«, schimpfte Mama, »sonst denken alle Leute, wir haben wirklich Ungeziefer.«

Sie warf mir einen unfreundlichen Blick zu. »Die Spülmaschine hast du noch nicht ausgeräumt und der Müll ist auch noch nicht weg. Hast du wenigstens deine Hausaufgaben gemacht?«

Ich murmelte etwas, was man so oder so auslegen konnte. Dann beeilte ich mich aus der Küche zu kommen.

»Und wo sind die beiden Becher Schokoladenpudding, die heute Vormittag noch im Kühlschrank standen?«, rief sie mir hinterher.

Ich ging in mein Zimmer und starrte aus dem Fenster. Eigentlich hätte ich Hausaufgaben machen müssen, aber ich beschloss mir erst noch ein paar Minuten Ruhe zu gönnen zum Nachdenken.

Warum hatte Hille nicht begeistert auf meinen Plan reagiert? Vielleicht war er ja gar nicht so toll, wie ich im ersten Moment gedacht hatte. Außerdem, ob ich damit Alex wirklich kriegen würde, das stand noch in den Sternen. Auch wenn ich mich trauen würde ihn zum Beispiel zu einem Eis einzuladen ..., dann bedeutete das noch gar nichts. Aber immerhin, es wäre der erste Schritt. Und wenn ich erst mal Kontakt mit ihm habe, dann merkt er vielleicht, dass ich viel netter bin, als er denkt.

Wenn, wenn, wenn ... Mir fiel meine Großtante Klara ein, die immer mit ihrer hohen, zittrigen Stimme gesagt hatte: »Mein liebes Kind, wenn das Wörtchen ›wenn‹ nicht wär, dann wär ein jeder Millionär.« Und dazu hatte sie ganz komisch gelächelt.

Egal, ich würde meinen Plan jedenfalls durchziehen. Auf ein Schmierblatt schrieb ich die einzelnen Schritte ungeordnet erst mal auf. Später würde ich dann eine Reihenfolge festlegen. Küssen kam jedenfalls am Schluss, so viel stand schon mal fest.

Ich schrieb einfach alles auf, was ich so aus Liebesfilmen kannte:

Flirten, tief in die Augen schauen, ihm sagen, dass ich ihn nett finde, ihn zum Eis einladen, ihm bei der Begrüßung die Hand geben und ganz lange festhalten, stolpern und mich an ihm festhalten ...

Zufrieden betrachtete ich meine Liste. Wenn ich das alles mal mit einem anderen Jungen geprobt haben würde, dann konnte mit Alex eigentlich nichts mehr schief gehen.

»Telefon!«, rief Mama von unten. »Ich geh jetzt einkaufen. Erwartest du vielleicht, dass ich dir das Telefon hochbringe?«

Es war Eileen.

Ich wusste sofort, dass sie irgendwas wollte.

»Und? Was machst du so?«

Ich musste grinsen. Ich liste gerade auf, was ich alles machen werde, um an Alex ranzukommen, konnte ich schlecht sagen. »Och, nichts Besonderes«, murmelte ich.

Sie räusperte sich. »Also, das mit der Sechs in

Geschichte neulich fand ich wirklich gemein von Napoleon.«

Sie schwieg. Ich sagte auch nichts. Dass Eileen nicht anrief, um mir ihr Mitleid über die miese Note auszudrücken, war logisch.

»Ich hab zufällig mitgekriegt, als Napoleon von der Hausaufgabe geredet hat und ... du weißt schon ... dass man sich verbessern kann und so ...« Sie hatte endgültig den Faden verloren, aber ich hatte nicht vor, ihr zu helfen.

»Ja?«, fragte ich.

»Also, ich wollte dich fragen ... Du hast irgendwas gesagt von einem älteren Bruder. Ich dachte immer, du hast nur einen kleinen Bruder.«

Bis vor kurzem hatte ich auch noch nichts von einem älteren Bruder gewusst, aber jetzt konnte ich nicht mehr zurück. Ich murmelte etwas Unverständliches und ließ Eileen weiterstottern.

»Wenn der in unserer Schule war, dann hatte er doch die gleichen Lehrer wie wir, stimmt's? Die sind bestimmt alle schon hundert Jahre an unserer Schule.« Den Witz fand sie irrsinnig komisch. Sie kicherte mindestens eine Minute lang, bis sie zum Thema kam. »Also. Pass auf, ich denke, die meisten Lehrer schreiben doch jedes Jahr die gleichen Arbeiten, oder? Könntest du nicht mal nachschauen, ob du noch alte Klassenarbeiten von deinem Bruder findest?«

»Ich guck mal nach«, sagte ich gnädig. »Aber die Chancen sind gering. Ich glaube, mein Bruder hat das meiste weggeworfen und ...«

Eileen unterbrach mich. »Vor allem Französischarbeiten wären toll. Julia, du bist ein Schatz, wenn du nachguckst. Übrigens, du kommst doch auch zum Sommerfest von Jenny, oder? Hat sie dich noch gar nicht eingeladen? Du, ich red mal mit ihr. Das hat sie garantiert vergessen. Als Eintrittskarte musst du einen Horrorfilm mitbringen, das ist so ausgemacht.« Sie kicherte blöde. »Und du denkst dran, nach den Klassenarbeiten zu schauen, ja, bestimmt?«

»Ja«, sagte ich gnädig. »Ich werd mal nachsehen.«

Ich räumte die Spülmaschine aus. Mal wieder typisch, ich muss das machen und mein kleiner Bruder räumt nicht mal seine tausend Spielsachen weg, die er im Wohnzimmer verstreut! Da klingelte es plötzlich Sturm.

Ich drückte auf den Türöffner und hörte, wie Timmi sich mit Indianergeheul auf Hille stürzte.

»Kannst du diesem Monster nicht mal Manieren beibringen?«, schimpfte sie, als sie sich von dem Lasso, das er ihr um die Beine geschlungen hatte, befreit hatte.

Schon aus drei Kilometern Entfernung konnte man Hille ansehen, dass ihr Vorstellungsgespräch wieder danebengegangen war.

»Ich versteh das einfach nicht«, klagte sie.

Ich drückte ihr ein Geschirrhandtuch in die Hand. »Wenn du mir hilfst, können wir gleich nach oben gehen. Du musst nur die Tassen noch ein bisschen trockenwischen.«

Hille protestierte nicht. Ich glaube, sie hätte

auch klaglos den Boden gefegt und die Fenster geputzt, so fertig war sie.

»Tausend andere finden problemlos einen Ferienjob, bloß bei mir klappt es nicht«, meinte sie und wienerte an Timmis Lieblingstasse mit den zwei Mäusen herum. »Ich trau mich ja kaum noch den Mund aufzumachen, aus lauter Angst, irgendwas Falsches zu sagen.«

Ich räumte das Besteck in die Schublade und schwieg.

»Meinst du, es liegt daran, dass ich nicht so wahnsinnig dünn bin?«

»Was hat das damit zu tun, dass du den Mund nicht aufkriegst?«, fragte ich verwirrt.

Hille lachte, aber es klang ziemlich freudlos. »Stimmt. Weißt du, ich nehm mir vor, was ich sagen werde, und dann kommt irgendeine blöde Frage, die ich nicht erwartet habe. Und schon hab ich ein richtiges Black-out. Ich sitz dann da und gucke wie ein hypnotisiertes Kaninchen.«

Ich nahm ihr Timmis Lieblingstasse, an der sie immer noch rumpolierte, aus der Hand.

»Entschuldige«, sagte sie, »ich glaube, ich bin im Moment ein bisschen lahm. Aber weißt du, ich war mir so sicher, dass es diesmal klappen würde. Schließlich haben die nur jemanden zum Warenauffüllen gesucht. Muss man da reden können wie ein Politiker?«

Sie schniefte und warf einen kurzen, aber sehnsüchtigen Blick auf die Schokoladentafel, die Mama vor Timmis gierigen Fingern im Schrank hinter den Tassen versteckt hatte.

Ich brach vier Riegel ab, legte sie auf einen Unterteller und sah Hille an. »Ich glaube, wir brauchen beide was Süßes, oder?«

»Ich hab es mir überlegt«, sagte Hille nach einer Weile.

Ich hatte inzwischen den Rest der Schokolade geholt. Wenn nichts mehr davon da war, fiel das am wenigsten auf, fand ich.

»Dein Vorschlag ist vielleicht gar nicht so schlecht. Vielleicht sollte ich mich irgendwo bewerben, wo ich auf keinen Fall hinwill.«

Ich lehnte mich zufrieden zurück. »Na also, ich hab's doch gleich gesagt. Beim nächsten Vorstellungsgespräch verhältst du dich ganz wie sonst. Und wenn du den Job angeboten kriegst, sagst du: ›Danke schön, aber ich hab es mir anders überlegt. Bei Ihnen werde ich auf keinen Fall arbeiten!‹«

Die Vorstellung gefiel Hille. Sie grinste breit. »Super! Diese Idioten, die einen mustern, als sei man ein Ausstellungsstück, denen möchte ich's mal zeigen! Die müssen richtig scharf darauf sein, mir den Job zu geben. Aber ich hab keine Ahnung, wo ich mich bewerben soll. Ferienjobs liegen ja nicht gerade auf der Straße. Eileen hat erzählt, dass sie was in einem Computerladen in Aussicht hat. Die hat es natürlich geschafft. Dabei hat die doch überhaupt keine Ahnung von Computern und –«

»Hille, das muss ich dir erzählen«, unterbrach ich sie. »Stell dir vor, sie hat mich angerufen und gefragt, ob ich schon eine Einladung zu Jennys Sommerfest habe.«

»Oh!« Hilles Stimme klang spöttisch. »Bist du jetzt aufgestiegen?«

Ich schüttelte den Kopf. Wenn ich nicht wollte, dass Hille grauenhaft eifersüchtig würde, blieb mir nichts anderes übrig, als meiner Freundin alles zu erzählen: vom angeblichen Bruder, den Geschichtshausaufgaben und so weiter.

Hille lachte schallend, als ich ihr alles gestanden hatte. »Mensch, ist Eileen blöd. Sie denkt, wenn sie dir eine Einladung zu Jennys Fest verschafft, dann kriegt sie dafür die Klassenarbeiten. Und, was machst du jetzt? Alex ist doch auch eingeladen.«

Ich nickte. »Aber du kannst dir ja vorstellen, dass ich überhaupt keine Lust auf das Sommerfest habe, wenn er und Jenny dort verliebt rumlaufen. Meine einzige Chance ist...« Ich atmete tief durch. »Das mit Alex und mir, das muss vor dem Sommerfest klappen!«

Hille stand auf. »Klassenarbeiten, Tag der offenen Tür, Schulfest, Sommerfest – und dann noch Alex! Du hast dir ja einiges vorgenommen.«

Ich lachte. »Klassenarbeiten, Tag der offenen Tür, Schulfest und dann noch einen Job finden. Merkst du was, Hille?«

Sie verzog das Gesicht. »Ja, logisch. Ich hab auch einiges vor. Leider bin ich nicht zu diesem grandiosen Sommerfest von Jenny eingeladen. Ich hoffe, ich werde das verschmerzen. Oder ich leg mir 'ne ältere Schwester zu, die den Nobelpreis in Mathe, Physik und Chemie gekriegt hat. Dann werde ich auch zu allen Sommerpartys eingeladen.«

»Hast du dir jetzt schon ein Opfer überlegt?«, wollte Hille am nächsten Morgen im Bus wissen.

»Opfer?«

Sie sah mich vielsagend an. »Technik des Umwegs«, trällerte sie fröhlich. »Du weißt doch!«

Die grauhaarige Frau, die uns gegenübersaß, ließ ihre Zeitung sinken und musterte uns betont unauffällig.

Ich schüttelte den Kopf. »Ich bin noch nicht dazu gekommen. Aber ich seh mich mal in der Schule um. Vielleicht finde ich ja jemanden, der sich dafür eignet.«

Die Frau hatte inzwischen ihre beiden Einkaufstaschen ein Stückchen verschoben und beugte sich leicht nach vorne. Sie musterte uns und schien zu überlegen.

Hille grinste mich an. Sie flüsterte: »Wir müssen brüllen. Ich glaube, die Frau ist schwerhörig.«

Ich grinste zurück. Es schien aber nicht nötig zu sein, lauter zu reden, denn die Frau blätterte mit beleidigter Miene ihre Zeitung um.

Kichernd stiegen wir an der nächsten Haltestelle aus. Da entdeckten wir Kevin auf der anderen Straßenseite.

»Der isses«, prustete Hille und stolperte dabei fast über eine Schultasche, die irgendjemand einfach vor dem Schulhof abgelegt hatte. »Julia, versuch's mit Kevin, da kann bestimmt nichts schief gehen. Ich kann dir einiges über ihn erzählen.«

Kevin?

Ich drehe mich um. Kevin war mir eigentlich immer nur wegen seiner absolut ausgeflippten Klamotten aufgefallen.

Er trug bunt karierte Mützen, Baggypants und mehrere T-Shirts verschiedener Größe übereinander. Obwohl er in meiner Klasse war, hatte ich mich noch nie länger mit ihm unterhalten. Vielleicht lag das daran, dass er eigentlich immer Musik hörte und sich angeblich nur für Wasserball interessierte.

»Klar!« Hille war total begeistert. »Kevin ist ganz problemlos. Letztes Jahr, bei den Projekttagen, war ich doch in einer Gruppe mit ihm und er ist wirklich o. k. Ein bisschen verrückt vielleicht, aber er nimmt garantiert nichts übel. Ich finde, mit ihm könntest du anfangen.«

»Ich weiß nicht.« Eigentlich war Kevin überhaupt nicht mein Typ, aber andererseits erleichterte das die Sache ungemein. Ja, natürlich. Kevin war genau der richtige Einstieg für mich.

»Ich überleg mir gleich mal 'ne Strategie«, sagte

ich. »So einfach zu ihm hingehen und mit ihm reden, also das fände ich blöd. Vielleicht sollte ich irgendwas an meinem Äußeren verändern, findest du nicht?«

Hille sah mich prüfend an. »Stimmt. So ausgeflippt, wie Kevin immer rumrennt, da passt du im Moment nicht so gut dazu. Vielleicht kannst du dir einfach 'ne Jeans abschneiden oder ein T-Shirt – «

»Superidee«, unterbrach ich sie. »Ich krieg aus meiner weißen Jeans die Kakaoflecken nicht mehr raus. Da schneide ich einfach ein Stück ab.«

Ich sah auf die Uhr. »Aber vorher werden wir uns noch ein Donnerwetter von Napoleon anhören müssen. Wir sind genau sieben Minuten zu spät dran.«

Vor der Klassenzimmertür trafen wir Carlo und Sebastian und so verteilte sich Napoleons Standpauke auf vier. Das machte die Sache aber nicht unbedingt angenehmer.

Plötzlich erinnerte sich der Giftzwerg jedenfalls wieder daran, dass er uns vor fast einer Woche eine schriftliche Hausaufgabe gegeben hatte, und die wollte er einsammeln.

Neben mir fluchte Hille. »Warum hab ich im Bus nicht noch schnell die Sachen von dir abgeschrieben?«

Ziemlich schnell war Napoleon an unserer Bank angelangt. Kein Wunder, viel einzusammeln gab es auch nicht. Nur Nadja, unser Wunderkind, und Sandra hatten überhaupt was zu Papier gebracht. Die anderen versuchten es mit müden Ausreden, die Napoleon mit einer Sechs in seinem Notenbuch quittierte.

»Mir ging es in der vorletzten Stunde schlecht und ich war die ganze Zeit draußen an der frischen Luft«, informierte ihn Hille, als er sich vor ihr aufbaute.

»Vorletzte Stunde, aha!« Napoleon setzte seinen Feldherrenblick auf. Er überlegte kurz. »Nachmachen! Unaufgefordert vorzeigen! Klar?«

Hille nickte mindestens dreimal.

Dann wandte sich Napoleon an mich. »Das ist doch die junge Dame, die gerne was Schriftliches wollte, stimmt's?«

In einem Fernsehbericht war neulich behauptet worden, dass die Engländer Napoleon vergiftet haben sollen. Falls der echte Napoleon so wie unserer war, konnte ich das nur zu gut verstehen.

Ich nickte.

»Und?«

Einen Moment lang hatte ich die entsetzliche Vorstellung, ich hätte die Blätter aus Versehen auf meinem Schreibtisch oder im Bus liegen gelassen. Aber dann fand ich in meinem Geschichtsheft die zwei eng beschriebenen Seiten wieder, die Napoleon um den Verstand bringen mussten. Eine Eins mit Stern war das mindestens.

»Endlich hast du dir mal Mühe gegeben«, knurrte er und nahm meine Hausaufgabe achtlos entgegen. »Zumindest was die Länge betrifft. Ob's was taugt, das werden wir ja sehen.«

Er ging weiter durch die Reihen, um die Hausaufgaben einzufordern. Normalerweise wäre mir völlig egal gewesen, wie Kevin darauf reagierte, aber jetzt hatte sich die Situation verändert.

Aus den Augenwinkeln beobachtete ich, wie er sehr zu Napoleons Empörung den Inhalt seiner Schultasche auf die Bank kippte und drin herumwühlte.

»Hier muss die Hausaufgabe irgendwo sein«, beteuerte er immer wieder, auch dann noch, als unser Geschichtslehrer bereits drei Reihen weiter war.

Oleg hatte natürlich auch keine Hausaufgabe, aber er kam um die schlechte Note herum, weil er in der Stunde nachweislich, wie er zweimal beteuerte, krank gewesen war.

Und dann stand Napoleon wieder vor Alex.

Ich hielt die Luft an. Einen Moment lang hatte ich die Vorstellung, laut zu rufen: »Herr Dieringer, Alex und ich haben die Hausaufgabe zusammen gemacht. Sie müssen uns beiden die gleiche Note dafür geben!« Aber dann traute ich mich natürlich mal wieder nicht.

Bestimmt hätten alle geglotzt, vor allem Eileen und Jennifer, und womöglich auch Alex und er hätte sich gewundert und …

»Reiß dich zusammen!«, flüsterte Hille neben mir, als Napoleon sein Notenbuch zückte und Alex eine Sechs eintrug. »Du kriegst deinen Alex schon noch.«

Die Gelegenheit, mit Kevin zu reden, kam schneller, als ich gedacht hatte. Für den Tag der offenen Tür war ziemlich viel vorzubereiten und überall wurden Freiwillige gesucht, die bereit waren, irgendetwas zu tun. Unsere Klasse sollte sich um die Schulzeitung kümmern und Artikel verfassen.

»Über die Schule, über euch, eure Hobbys, ist ja auch egal, worüber«, sagte Philipp, unser Schulsprecher. »Irgendwas wird euch wohl einfallen, oder? Und falls nicht: Ich habe euch einen Schwung Aufsatzhefte aus dem letzten Schuljahr mitgebracht. Schaut mal nach, ob ihr darunter irgendwas Brauchbares entdeckt.«

Philipp wirkte leicht genervt, als wir ihn mit Fragen überfielen. »Ihr wisst doch alle, wie eine Zeitung aussieht, oder? Also macht ihr auch eine. Alles klar? Ich muss weiter.« Dann verschwand er und ließ uns einen Stapel Hefte auf dem Pult zurück.

»Bloß weil er in der Zwölften ist, braucht der sich nicht so aufzuspielen«, schimpfte Rita. »Ich hab keine Ahnung, was wir mit dem ganzen Kram hier sollen.«

Eileen und Jenny pflichteten ihr bei und meinten, sie würden schließlich einen Kuchen backen, das wäre schon Arbeit genug. Und außerdem gebe es noch eine Salatbar, um die müsste sich schließlich auch jemand kümmern.

»Also gut, ich übernehme das mit dem Material für die Zeitung«, sagte jemand.

Hille stieß mich an. »Los«, zischte sie.

Dann rief sie laut: »Du, Kevin! Julia und ich machen auch mit, wenn du nichts dagegen hast.«

Kevin schüttelte den Kopf. »Von mir aus. Am besten wir bilden eine Arbeitsgruppe. Aber ich will hier mal festhalten, dass ich dann genug gemacht habe. Also keinen Kuchenverkauf oder Salatbar oder so was.«

Plötzlich hatten noch andere Interesse an der Schulzeitung. Rita und Diana wollten eine zweite Arbeitsgruppe bilden und schlugen vor, Anzeigen zu sammeln. Und Dennis und Matthias boten an, einen Artikel zu schreiben.

»Vielleicht helfe ich euch«, hörte ich Alex zu Rita und Diana sagen. »Im Moment kann ich bloß noch nicht abschätzen, was ich sonst so zu tun habe. Aber sagt mal Bescheid, wann ihr euch trefft, vielleicht klappt's ja bei mir.«

Ich war stocksauer. Auf Kevin, auf Hille, auf Eichenkamp, der mich überhaupt erst auf die blödsinnige Idee mit dieser »Technik des Umwegs« gebracht hatte.

Das wäre doch *die* Chance gewesen. Ich hätte mich für die gleiche Arbeitsgruppe melden können und vielleicht ... Aber jetzt hatte ich das Ganze angeleiert und konnte nicht mehr zurück. War vielleicht auch besser so!

Als ich nach hinten zu Alex blickte, lächelte er mich an – und was machte ich? Anstatt zurückzulächeln, bekam ich eine rote Birne. Nein, es war sicherlich besser, das mit dem Flirten erst ein bisschen zu üben, bevor ich mich bei Alex ständig blamierte.

Nach der letzten Stunde einigten Hille und ich uns mit Kevin darauf, dass wir uns am nächsten Tag direkt nach der Schule bei mir treffen wollten, um die Aufsätze durchzusehen und geeignete Artikel zu kennzeichnen.

»Also, pass auf«, klärte mich Hille auf dem Heimweg auf. »Kevin ist ein totaler Chaot und er findet nichts grauenhafter als spießige Leute. Er hat mir das letztes Jahr erzählt, als wir mal nachmittags zusammen nachsitzen mussten. Jedenfalls kann ich mir nicht vorstellen, dass er sich sehr geändert hat. Das musst du natürlich berücksichtigen.«

Aber *wie* ich das berücksichtigen sollte, wusste sie natürlich auch nicht.
Ich saß nachmittags in meinem Zimmer und dachte nach. Für Kevin meine weiße Jeans kaputtschneiden, wollte ich doch nicht. Man konnte sie ja immer noch schwarz färben.
Ich holte mir Mamas großen Standspiegel und starrte mich an. Normal, ich sah einfach normal aus. Lange Haare, keine Ohrringe, kein Piercing, gar nichts. Ziemlich groß und schlank, einfach stinknormal.
Kevin und ich passten zusammen wie die Faust aufs Auge. Aber verändern wollte ich mein Aussehen auch nicht unbedingt. Schließlich handelte es sich bei Kevin nur um ein Versuchsobjekt.
Ich brachte den Spiegel zurück, und als ich wieder in mein Zimmer kam, fiel es mir wie Schuppen von den Augen. Klar, ich würde mein Zimmer verändern! Es würde mir sicherlich nicht schwer fallen, es in eine chaotische Höhle zu verwandeln, die auch Kevins Ansprüchen genügen würde.
Als Erstes würde ich mich für eine Weile von meinen fünf Teddybären auf dem Bett trennen

müssen. Ich entschuldigte mich bei jedem persönlich, als ich sie in eine Kiste packte und unters Bett schob.

Dann zog ich einiges an Klamotten aus dem Schrank, verteilte sie im Zimmer, holte alte Zeitschriften aus der Garage und stapelte sie auf meinen Schreibtisch und neben das Bett. Meine CD-Sammlung verteilte ich auf dem Fußboden, ebenso einen Teil der Bücher aus dem Regal.

Zufrieden betrachtete ich mein Werk. Mein Zimmer wirkte, als sei seit Monaten nicht mehr aufgeräumt worden. Mehr Chaos konnte Kevin zu Hause auch nicht haben.

Beim Frühstück am nächsten Morgen informierte ich Mama darüber, dass mittags Hille und ein Junge aus meiner Klasse kommen würden.

Natürlich wollte sie sofort Genaueres wissen, aber ich sagte bloß, dass wir für unsere Schulzeitung etwas vorbereiten müssten.

»Da habt ihr ja Glück!«, meinte sie. »Timmi ist heute Mittag nicht zu Hause. Er ist bei einem Freund aus dem Kindergarten eingeladen.« Sie sah auf die Uhr. »Sag bloß, Timmi schläft immer noch. Wir müssen doch in einer Viertelstunde los. Kannst du ihn schnell wecken?«

Ich verzog das Gesicht. »Ich hab's ziemlich eilig. Ich bin neulich schon zu spät gekommen und da gab es mit Napoleon ziemlichen Ärger.«

Ein bisschen zu übertreiben konnte nicht schaden. Aber ich hatte wirklich keine Zeit. Mir war nämlich eine grandiose Idee gekommen. Aus dem

Keller holte ich meine alten Schlittschuhe (dass sie mir nicht mehr passten, konnte man ja nicht sehen) und legte sie neben mein Bett.

Jetzt war das Chaos perfekt. Kevin würde sich wie zu Hause fühlen und ich könnte ein bisschen flirten üben.

Ich wollte gerade aus dem Haus, da hörte ich Mama hinter mir herrufen. »Ich komm heute Mittag eine halbe Stunde später als sonst. Ich werde mich natürlich beeilen, aber ... Soll ich Essen für drei Leute vorbereiten, wenn du Hille und noch jemanden mitbringst?«

Ich schüttelte entsetzt den Kopf. Das fehlte noch: irgendein spießiges Mittagessen in der Mikrowelle. Kevin würde ja sofort Zustände kriegen.

»Nicht nötig«, sagte ich. »Hille macht Diät und da will ich nicht unbedingt vor ihren Augen essen.«

»Und der Klassenkamerad, den du mitbringen willst? Der hat doch bestimmt Hunger.«

»Kevin hat 'ne Lebensmittelallergie«, behauptete ich. »Du willst ihn doch nicht vergiften.«

Mama lachte, aber sie wirkte ziemlich nachdenklich dabei. »Nein, natürlich nicht. Kevin – ist das nicht der Blonde, der immer so komische Mützen trägt?«

»Kann schon sein. Tschüss, ich muss mich beeilen.« Ich rannte los, bevor Mama mir noch mehr neugierige Fragen stellen konnte.

Hille, so hatten wir vereinbart, würde nach der Schule ein Stück mit dem Bus mitkommen. Dann würde ihr plötzlich einfallen, dass sie genau an diesem Nachmittag ein Vorstellungsgespräch hatte.

»Ich verabschiede mich dann von euch«, sagte sie, als wir nach der sechsten Stunde auf Kevin warteten. »So gegen halb vier ruf ich mal an, um zu hören, wie es läuft. Und denk dran, es geht ja um nichts.«

Ich nickte. »Klar, es geht um nichts.«

In Wirklichkeit war mir ganz schön mulmig zumute. Ich hatte Alex zur Bushaltestelle rennen sehen. Plötzlich hatte er sich umgedreht und mich einen Moment lang angestarrt. Wollte er mir etwas sagen? Oder hatte ich mir das nur eingebildet?

Carlo und Robert schlenderten über den Schulhof.

»He, wisst ihr, wo Kevin steckt?«, rief Hille ihnen entgegen.

»Er rennt durch die ganze Schule, weil er seine Mütze sucht«, lachte Robert. »Ich glaube, er hatte die Mütze heute Morgen gar nicht auf. Er ist doch der totale Chaot, dieser Spinner. Wie kann man bloß so ein Theater machen.«

Carlo stand schweigend daneben.

Ich fand das Ganze langsam gar nicht mehr witzig. Der nächste Bus fuhr in fünf Minuten, und wenn wir uns nicht beeilten, mussten wir eine halbe Stunde auf den übernächsten warten.

»Na endlich!« Hilles Stimme klang auch ziemlich genervt, als Kevin schließlich mit Mütze vor uns stand.

Wir spurteten zur Bushaltestelle, erreichten unseren Bus gerade noch und erkämpften uns gegen eine Horde von Grundschülern, die mit ihren riesigen Ranzen natürlich im Vorteil waren, einen Sitzplatz.

»Wir gehen also alle Aufsätze durch und prüfen, ob sie eventuell in die Schulzeitung passen«, sagte ich, um überhaupt was zu sagen. »Müssen wir dann alle Fehler verbessern oder werden die Arbeiten einfach kopiert?«

Ich sah Kevin dabei direkt an, was nicht einfach war, weil er eine verspiegelte Sonnenbrille aufhatte und ich nur so ungefähr ahnen konnte, wo sich seine Augen befanden.

»Angeblich werden sie von der Schulsekretärin abgetippt«, sagte er nach einer Weile. »Ich wollte eigentlich ein Gedicht für die Schulzeitung schreiben, aber irgendwie hab ich es dann doch vergessen und jetzt ...«

»Oh Gott!« Hille war aufgesprungen. »Fast hätte ich auch was vergessen. Ich hab ja ein Vorstellungsgespräch heute Mittag. So ein Mist!« Sie sah mich fragend an. »Sag mal, könntet ihr vielleicht schon mal ohne mich anfangen? Mir ist der Termin unheimlich wichtig.«

Hille hatte echtes Schauspielertalent. Einen Moment lang glaubte ich ihr wirklich.

»Klar«, sagte Kevin für mich, »wir fangen schon mal an. Aber glaub bloß nicht, dass wir die ganze Arbeit allein machen.«

»Natürlich nicht!« Hille lächelte. »Ihr könnt mir gerne noch was übrig lassen. Ich ruf gleich an, wenn das Vorstellungsgespräch vorbei ist, und komm vorbei. O. k.?«

»Viel Glück«, rief ich ihr nach, als sie an der nächsten Haltestelle ausstieg.

Dann saßen Kevin und ich uns schweigend gegenüber. Schlimm war das nicht, weil die Grundschüler um uns herum jede Menge Lärm machten.

»Hier wohnst du also«, stellte er scharfsinnig fest, als ich die Haustür aufschloss. Das war das Erste, was er sagte, seit Hille ausgestiegen war.

Ich nickte.

Nach Flirten war mir im Moment gar nicht zumute. Eigentlich hätte ich viel lieber meine Ruhe gehabt, aber ich hatte mir die ganze Sache ausgedacht und schließlich machte ich das alles ja nur für Alex.

Graublaue Augen hat Alex, nicht blaue, wie ich bis vor kurzem gedacht hatte. Graublau wie das Meer an einem Oktobernachmittag, wenn es kühler wird und die Seemöwen schreien und alles ganz einsam ist.

»Eh, Julia, ist was?« Kevin stieß mich in die Seite. »Du stehst da und guckst ganz komisch. Wollen wir nicht endlich anfangen? Hast du 'ne Cola oder so was da?«

Ich nickte. »Geh schon mal hoch! Zweite Tür rechts. Pass aber auf, dass du nicht stolperst«, fügte ich hinzu. »Ich hab zwar aufgeräumt, aber das Chaos ist einfach nicht zu beseitigen.«

Diese Bemerkung fand ich genial. Mit ein bisschen Phantasie konnte Kevin sich jetzt vorstellen, wie es vor dem Aufräumen ausgesehen haben musste.

»Macht mir nichts aus, bin ich gewohnt«, sagte er und ging die Treppe hoch, während ich im Kühlschrank zwei Coladosen suchte.

»Julia?«

Ich drehte mich um. Mama war zu Hause. Um diese Zeit schon?

»Frag Kevin mal, ob er Fischstäbchen mit Pommes und Salat essen kann. Für Hille ist der Salat, weil sie doch – «

»Ich dachte, du kommst heute später«, sagte ich verdutzt.

Großartig, meine Mutter stand an der Esszimmertür und würde mir bestimmt alles vermasseln. Wahrscheinlich würde sie mit uns essen und auf unsere Tischmanieren achten. Ich kannte das Spiel!

»Timmi hat irgendeine Kinderkrankheit«, sagte sie, »einen Ausschlag im Gesicht, aber der Arzt meinte am Telefon, dass es wahrscheinlich nicht ansteckend ist. Er kann also ruhig mit uns mitessen. Vielleicht will Kevin ja auch deinen Bruder kennen lernen.«

Ich starrte sie mit offenem Mund an. Ich Idiot! Warum war ich nicht früher drauf gekommen? Mama glaubte natürlich, Kevin sei der Grund meines Liebeskummers, und wollte ihn jetzt unbedingt kennen lernen und wahrscheinlich unsere Familie von der besten Seite vorführen. Es hätte mich nicht gewundert, wenn sie das ganze Haus zu diesem Zweck geputzt hätte.

Mir kam ein entsetzlicher Gedanke.

»Also, was ist jetzt mit dem Essen?«, rief sie mir nach, als ich die Treppe hochstürmte.

Ich riss die Zimmertür auf. Es war, wie ich befürchtet hatte: Mein grandioses Chaos war weg, einfach weg. Stattdessen hatte meine Mutter sich bemüht mein Zimmer aufzuräumen und richtig nett zu machen: mit geblümter Tagesdecke, einem Strauß Rosen auf dem Schreibtisch, daneben ein Teller mit Keksen. Nichts war mehr übrig von meinem großartigen Plan. Meine fünf Teddybären saßen wieder an ihrem alten Platz, dafür waren alle Klamotten im Schrank verschwunden und sogar die kaputte Schreibtischschublade, die sich nicht mehr ganz schließen ließ, war repariert. Lediglich zum Aufräumen der Schlittschuhe schien die Zeit nicht mehr gereicht zu haben: Wie überflüssige Relikte einer chaotischen Vergangenheit standen sie neben meinem Schaukelstuhl. Das Fenster war halb gekippt und es duftete honigsüß nach Rosen.

Kevin saß ordentlich auf dem Stuhl neben meinem Schreibtisch und schien sich kaum zu trauen seine Schulmappe auszupacken. Wahrscheinlich war er von der Ordnung in meinem Zimmer total beeindruckt.

Ich hörte Mama die Treppe hochkommen. Es war oberpeinlich. Sie würde ihm die Hand geben und irgendwas Nettes sagen. »Wie schön, Kevin, dass ich dich endlich auch mal kennen lerne« oder so ähnlich. Und ich würde im Erdboden versinken. Wie sollte ich ihr außerdem erklären, dass Hille nicht dabei war?

Auf dem Gang brüllte Timmi. Dieses Mal würde er meine Rettung sein.

Ich riss die Zimmertür auf und – prallte zurück.

»Huhuhu«, machte mein Bruder und verzog sein mit roten Pickelchen übersätes Gesicht zu einer wilden Grimasse. »Ich bin giftig und du kriegst das auch und dann verliebt dich keiner, weil du so – «

»Lern du erst mal richtiges Deutsch«, giftete ich ihn an.

Ich knallte die Tür zu. Mit achtzehn würde ich ausziehen, so viel stand fest.

Kevin saß immer noch wie festgenagelt auf dem Stuhl. »Dein Bruder?«

Ich nickte. Reden wollte ich nichts mehr. Es konnte alles nur noch schlimmer werden.

Mama hatte Timmi in sein Bett zurückverfrachtet. Sie klopfte an meine Zimmertür.

Am liebsten hätte ich »Nein, du störst« gerufen, aber das traute ich mich dann doch nicht. Als Erziehungsberechtigte hatte sie wahrscheinlich freien Zutritt zu meinem Zimmer bis zu meinem achtzehnten Lebensjahr.

Sie stand bereits mitten im Raum, mit diesem pseudoerstaunten Gesicht. »Ach, du bist sicherlich Kevin?«, rief sie und kam mit ausgestreckter Hand auf ihn zu. »Wie schön dich kennen zu lernen!«

Das war das, was sie wahrscheinlich einen herzlichen Empfang nannte. Ich musste etwas unternehmen, bevor sie womöglich behauptete, ich hätte schon so viel von ihm erzählt und wie sehr sie sich doch freue und so weiter.

»Christine!«, sagte ich mit todernster Stimme. »Mama« hätte in diesem Moment viel zu kindlich geklungen.

Sie wandte sich erstaunt um.

»Bei Timmi ... der Ausschlag ... also, ich glaube, der ist hochansteckend. Wir haben darüber neulich was in Bio gelesen und ich mach mir Sorgen, dass Kevin ...«

Reiß dich zusammen, stotter nicht rum, dachte ich, aber ich konnte kaum einen klaren Gedanken fassen. Das Einzige, was ich wusste, war: Kevin musste so schnell wie möglich verschwinden.

»Ich hab leider erst für heute Nachmittag einen Termin gekriegt«, sagte Mama bedauernd, »aber am Telefon meinte der Arzt, dass es wahrscheinlich keine Masern seien und ...«

»Masern!« Ich nickte heftig. »Genau! Da gibt's 'ne neue Sorte und die ist wahnsinnig ansteckend. Kevin, geh am besten gleich, ich will nicht, dass du dich ansteckst.«

Kevin glotzte mich bloß an. »Ich hatte mindestens schon zweimal die Masern, das schockt mich nicht im Geringsten.«

Mama lächelte erleichtert. »Na, dann ist ja alles bestens. Die Pommes sind schon in der Backröhre und die Fischstäbchen hab ich in zehn Minuten fertig. Magst du grünen Salat, Kevin?«

»Klar«, behauptete der, ohne mit der Wimper zu zucken. »Klar mag ich grünen Salat.«

Ich wusste nicht, wen ich lieber auf den Mond geschossen hätte: meine Mutter, die mir verschwörerisch zuzwinkerte, nachdem Kevin ihr versichert hatte, dass er seines Wissens an keiner Lebensmittelallergie leide und dass Pommes und Fischstäbchen zu seinen Lieblingsmahlzeiten gehörten. Oder Kevin, diesen angeblich chaotischen Klassenkamerad, der sich richtig auf ein spießiges Mittagessen zu freuen schien.

Jedenfalls rannte er nach unten, als meine Mutter zehn Minuten später zum Essen rief. Und er ließ sich auch vom Anblick meines pickelgesichtigen Bruders nicht davon abhalten, Unmengen zu vertilgen.

Mama guckte ganz glücklich, vor allem als sie bemerkte, dass Kevin sogar die Serviette, die sie neben seinen Teller gelegt hatte, benutzte. Außerdem redete er kein einziges Mal mit vollem Mund.

»Ich geh schon mal hoch«, murmelte ich nach dem Essen. Wenn ich damit gehofft hatte, Kevin hier wegzukriegen, dann hatte ich mich aber gewaltig getäuscht.

Er unterhielt sich mit Timmi über die Vorteile von Lenkdrachen und schien sich dabei ziemlich wohl zu fühlen.

»Ich geh jetzt hoch«, sagte ich noch mal laut und Kevin meinte, er komme gleich. Er würde nur noch den Tisch abdecken.

Mir fielen fast die Augen aus dem Kopf. Das konnte doch nicht wahr sein! Kevin, der Chaot, entpuppte sich als Musterjunge und verhielt sich wie so 'ne Art Schwiegersohn-Kandidat.

Meine Mutter war jedenfalls schon völlig dahingeschmolzen und öffnete eben eine Packung Pralinen. »Zum Nachtisch«, wie sie sagte.

Ich wartete in meinem Zimmer, bis Kevin endlich satt war. Auf Flirt oder so was hatte ich überhaupt keine Lust mehr. Wahrscheinlich würde meine Mutter in der nächsten halben Stunde mit einem Kuchentablett vorbeikommen, weil sie Kevin einfach reizend fand. Es widerte mich alles an.

»Hast du schlechte Laune, oder was?«, fragte Kevin an der Tür. Er ließ sich in meinen Schaukelstuhl plumpsen. »Deine Mutter kann echt gut kochen.« Er gähnte halblaut. »Mann, bin ich satt. Hast du dir die Sachen zufällig schon mal angeguckt?« Er deutete auf seine Schultasche und gähnte schon wieder.

»Nein, hab ich nicht.«

Er zuckte die Achseln. »Hab ja nur gefragt. Eigentlich ist es jetzt fast schon zu spät zum Arbeiten und Hille ist auch nicht da ... Sollen wir das Ganze vielleicht verschieben?«

»Ja, verschieben wir's. Runterbringen muss ich dich ja nicht, du findest sicher allein raus«, murmelte ich.

Er stand auf, klemmte seine Schultasche unter den Arm und gähnte nochmals. Ich war mir ziemlich sicher, dass er zu Hause erst mal einen Mittagsschlaf halten würde.

Im Treppenhaus hörte ich Mamas Stimme. Kevin schien sich von ihr zu verabschieden. Am liebsten hätte ich gebrüllt. Kevin war ja so was von spießig.

Mama kam ohne anzuklopfen in mein Zimmer. Sie tat so, als wollte sie den Blumen frisches Wasser geben.

»Was machst du für ein Gesicht?«, wollte sie wissen. »Kevin ist wirklich ein außerordentlich gut erzogener Junge. Du kannst ihn ruhig öfters mitbringen. Ist sein Vater nicht Zahnarzt?«

»Weiß nicht«, brummte ich. »Ich glaube aber kaum, dass er noch mal kommt.«

Mama hatte sich auf mein Bett fallen lassen. Als sie mein Gesicht sah, lächelte sie. »In eurem Alter streitet man sich oft, aber man versöhnt sich genauso schnell auch wieder. Es wird bestimmt alles so, wie du es dir wünschst.«

Ich hoffe es, hätte ich am liebsten gesagt, aber ich verkniff es mir lieber.

»Also, Kopf hoch, das wird schon«, sagte sie abschließend. »Hast du Appetit auf eine Praline?«

Ich schüttelte den Kopf. Danke, der Appetit war mir vergangen.

Meine Mutter schien noch etwas auf dem Herzen zu haben. Jedenfalls zupfte sie auffällig lange an dem Blumenstrauß auf meinem Schreibtisch herum.

Unten klingelte das Telefon, aber sie beachtete es nicht. Ich wollte gerade runterrennen, da schüttelte sie den Kopf. »Julia, das Telefon sollte uns jetzt nicht stören. Ich will noch kurz was mit dir bereden.«

Sie stellte sich neben mich und nahm mich so halb in den Arm. »Sag mal, Julia, wollte Hille nicht auch mitkommen? Weißt du, es ist vielleicht nicht so günstig, wenn du Kevin mit hierher bringst, wenn niemand da ist. Ich finde ihn ganz reizend, aber . . . «

»Du warst doch da!«

»Ja, aber eigentlich wollte ich ja erst später kommen.« Sie sah mich ratlos an. »Versteh mich richtig, Julia. Kevin und du, ihr seid ineinander verliebt und ...«

Das Telefon klingelte schon wieder.

»Ich bin nicht in Kevin verliebt und Kevin ist nicht in mich verliebt«, sagte ich bestimmt. »Wenn du es genau wissen willst: Kevin sollte lediglich mein Versuchskaninchen sein.«

Die Reaktion meiner Mutter schenkte ich mir. Ich rannte die Treppe hinunter und wollte das Telefon abnehmen, aber da hatte sich schon der automatische Anrufbeantworter eingestellt und ich hörte Hilles Stimme: »Alles klar bei euch? Hast du ihn schon halb verrückt gemacht?«, kicherte sie. »Ich hoffe, ich störe euch nicht. Kannst du so um halb fünf bei mir vorbeikommen und mir alles erzählen? Tschüss, bis dann.«

Ich blickte nach oben. Wenn Mama das gehört hatte, würde sie eine mittelschwere Krise kriegen.

Ich schlich in mein Zimmer hoch, stopfte mir die Kekse, die liebevoll angeordnet auf dem Teller neben den Blumen lagen, in den Mund und träumte von graublauen Augen und mehr.

Bin vorsichtshalber früher zum Arzt, stand auf dem Zettel, den Mama mir an die Pinnwand geheftet hatte. *PS: Drück uns die Daumen, dass es nicht so ansteckend ist, wie du befürchtet hast!*

Ich kritzelte *Mach ich. Bin bei Hille!* darunter, bevor ich losging.

Eigentlich wollte ich mit dem Rad fahren, aber im Vorderreifen war ziemlich wenig Luft und die Luftpumpe war in der Garage einfach nicht zu finden.

Ich hätte mit Kevin in die Garage gehen sollen, dachte ich. Hier herrscht so ein grauenhaftes Durcheinander, das hätte sogar ihn beeindrucken können. Aber die Sache war vorbei. Ich musste den Tatsachen ins Auge sehen.

Um vier klingelte ich bei Hille, aber niemand öffnete. Einen Moment lang wollte ich mich richtig ärgern, aber dann wurde ich unsicher, ob sie vier oder halb fünf gesagt hatte, und ich beschloss Hille noch eine Chance zu geben.

Ich schlenderte durch die Straßen und überlegte, ob ich in die Stadt gehen und mir dort irgendwas kaufen sollte. Ich hatte immerhin noch siebzig Euro von meinem Geburtstag übrig, aber eigentlich hatte ich keine rechte Lust zu einem Stadtbummel.

Da entdeckte ich Carlo auf der anderen Straßenseite. Normalerweise hätte ich keinen weiteren Blick verschwendet, aber jetzt sah die Sache anders aus. Mit ihm konnte ich mich vielleicht so lange unterhalten, bis Hille auftauchte.

Carlo kannte ich seit meiner Kindergartenzeit. Wir beide hatten mindestens drei Kindergärtnerinnen in den Wahnsinn getrieben, weil wir immer wieder auf den Baum vor dem Kindergarten geklettert waren. Das war natürlich allerstrengstens verboten, aber Carlo hatte sich nicht daran gestört und ich mich ebenso wenig.

Inzwischen war der alte Kastanienbaum längst gefällt. Eine Bushaltestelle hatte dort eingerichtet werden sollen, aber irgendwie war nie was daraus geworden. Manchmal, wenn ich mit dem Fahrrad am Kindergarten vorbeifuhr, war ich traurig, wenn ich die kahle Stelle sah. Ob sich Carlo wohl noch an den Baum erinnerte?

Ich überquerte die Straße und steuerte direkt auf ihn zu. Er blinzelte mich an. Seit der Kindergartenzeit hatte er sich kaum verändert. Er war zwar größer und älter geworden, aber sein Gesichtsausdruck war immer noch der gleiche: ein bisschen ungläubig, ein bisschen verträumt.

In ihn, davon war ich felsenfest überzeugt, würde ich mich niemals verlieben. Außerdem war er nicht so komisch wie Kevin. Carlo war einfach ein ganz normaler Junge. Also genau das richtige Opfer für mich.

»Hallooo«, sagte ich gedehnt und bemühte mich meine Stimme etwas tiefer klingen zu lassen. Eileen hatte das neulich gemacht, als sie Alex gerufen hatte. Ich fand, es hatte ungeheuer stark gewirkt.

»Hallo«, sagte Carlo und holte ein Hustenbonbon aus seiner rechten Hosentasche. »Salbei hilft, sagt meine Großmutter immer.«

Ich sah ihn verständnislos an. »Salbei? Wogegen?«

»Deine Erkältung, was denn sonst?« Er schüttelte den Kopf und steckte sein Bonbon wieder ein. Er schien etwas beleidigt zu sein. »Deine Stimme klingt jedenfalls grauenhaft.«

Ich beschloss unauffällig zu einer normalen Tonart zurückzukehren.

»Im Moment ist richtiges Erkältungswetter.« Er sah mich forschend an und ich fühlte ein leichtes Kribbeln im Hals.

»Ich wollte Hille besuchen, aber sie ist nicht da«, informierte ich ihn und stellte mich direkt vor ihn.

Er trat einen Schritt zurück – vielleicht aus Angst, sich bei mir anzustecken – und sah mich verständnislos an.

»Und was machst du hier?«, fügte ich freundlich hinzu.

Carlo trat einen weiteren Schritt zurück und versuchte den Beutel, den er in der linken Hand trug, unauffällig hinter seinem Rücken zu verstecken. »Ich hab was zu erledigen«, sagte er schließlich, als sei ihm das eben erst eingefallen. »Aber jetzt muss ich weiter.«

»Ich geh ein Stück mit«, sagte ich schnell und bestimmt. Meine Stimme zitterte unmerklich, obwohl mir überhaupt nichts an Carlo lag.

Was würde er von mir denken, dass ich ihn einfach so begleitete? Wir waren zwar zusammen in den Kindergarten gegangen. Aber ich konnte mich nicht daran erinnern, in den letzten Jahren irgendwas Privates mit ihm geredet zu haben, seit er von der Parallelklasse in meine Klasse gewechselt war.

Er schwieg. Wir trotteten zusammen auf dem Gehweg, er direkt an der Bordsteinkante, ich knapp an den Jägerzäunen der Vorgärten entlang.

Zwischen uns hätte noch eine halbe Schulklasse Platz gehabt.

»Wohnst du in der Nähe?«, fragte ich schließlich, als das Schweigen peinlich zu werden begann.

»Nee.«

Ich schluckte. Am liebsten hätte ich Carlo gesagt, wie bescheuert ich ihn fand und dass er sich bloß nichts einbilden solle. Er sei nämlich nur ein Übungsobjekt für mich und sonst gar nichts.

Aber ich sagte natürlich kein Wort. Ich wollte meinen Plan durchziehen, komme, was wolle.

»Hast du schon Hausaufgaben gemacht?«, fragte ich ihn stattdessen.

Er wandte den Kopf kurz zur Seite, nickte, holte ein Taschentuch heraus und nieste.

Ich hätte ihn schütteln können. Nicht dass ich einen freundlichen Gesprächspartner in ihm erwartet hatte. Bei Carlo mit dem verschlafenen Blick war das sicherlich unmöglich. Aber ein bisschen Mühe hätte er sich wenigstens geben können.

Ich unternahm noch einen letzten Versuch. »Wie war Physik bei dir?«

»Gut!« Er war stehen geblieben.

Sollte ich jetzt vielleicht sagen: Du, Carlo, ich finde dich eigentlich ganz interessant. Gibst du mir deine Telefonnummer? Ich ruf dich bei Gelegenheit mal an!

Während ich noch unschlüssig rumstand, deutete er hinter mich.

Ich drehte mich um und musste grinsen. »Wahnsinn!«, entfuhr es mir.

Im Vorgarten des rosafarbenen, zweistöckigen Hauses standen mindestens zwanzig Gartenzwerge in Vierergruppen angeordnet. Mama hätte einen Schreikrampf gekriegt. Gartenzwerge und umhäkelte Klopapierrollen im Heckfenster von Autos rangieren auf ihrer Horrorliste gleich hinter Schlangen und Mäusen.

»Also, tschüss dann«, sagte Carlo. »Ich muss jetzt da rein.« Er trat nervös von einem Bein auf das andere.

»Ich muss auch weiter«, sagte ich.

Beim ersten Treffen wollte ich es nicht gleich übertreiben. Am nächsten Tag, auf dem Pausenhof, würde ich den nächsten Schritt wagen.

Carlo schien ziemlich froh zu sein, dass ich endlich verschwand. Immerhin lächelte er jetzt und sah eigentlich gar nicht mehr so übel aus. Er wollte gerade das Gartentor öffnen, da wurde eines der Fenster im Erdgeschoss aufgerissen und ...

Wahrscheinlich guckte ich in diesem Moment nicht sehr intelligent. Damit hatte aber auch kein Mensch rechnen können!

»Carlo! Super, dass du kommst. Hast du sie dabei?«, rief Alex strahlend. »Ich drück den Türöffner, o. k.?«

Alex wohnte hier. Carlo besuchte Alex. Und ich war dabei. Ich hätte vor Freude tanzen oder heulen oder sonst was tun können.

Morgen in der Pause würde das ein Anknüpfungspunkt sein. Ich konnte ihn zum Beispiel fragen, warum die Gartenzwerge in Vierergruppen angeordnet waren.

»Also, tschüss dann«, wiederholte Carlo und versuchte das Gartentor zu öffnen. Der Türöffner summte, aber das Tor bewegte sich keinen Millimeter. Genau wie ich. Ich blieb wie angewachsen stehen.

»Ich komm raus. Irgendwas scheint da zu klemmen«, sagte Alex durch die Sprechanlage.

Carlo rüttelte immer noch am Gartentor. »Du wolltest doch gehen«, murmelte er, zu mir gewandt.

Ich ignorierte seine Äußerung. Wenn Alex das Gartentor öffnete, wäre ich auch sofort drin, das war doch klar. Diese Chance musste ich einfach nutzen. Außerdem: Carlo war dabei, und das machte mich komischerweise sicherer.

Alex kam den schmalen Kiesweg entlang und ich musste einen kurzen Augenblick lang die Augen schließen. Er sah einfach wahnsinnig gut aus. Eileens und Jennys Gesichter konnte ich mir vorstellen, wenn ich erst mal Händchen haltend mit ihm über den Schulhof gehen würde.

»Ich hab ja nie gedacht, dass du sie so schnell bringst«, sagte er zu Carlo und lehnte sich über den Zaun.

Ich stutzte. Wie meinte er das? Er hatte doch nicht wissen können, dass ich Carlo zufällig über den Weg laufen würde. Vielleicht war das aber auch das berühmte Schicksal, das uns zusammenführen sollte.

Ich war gottfroh, dass ich ein frisches T-Shirt angezogen und mir nach den vielen Keksen die Zähne geputzt hatte.

Carlo war leicht rot geworden. Er stotterte herum, dass er sowieso gerade in der Gegend gewesen sei und sie hätten sowieso seit Monaten auf dem Speicher gelegen.

Spätestens jetzt wurde mir klar, dass mit »sie« nicht ich gemeint sein konnte.

Alex schien sich auch nicht besonders über meine Anwesenheit zu freuen. Ehrlich gesagt, er hatte nur flüchtig »Hi« zu mir gesagt.

»Also«, beendete Carlo die Stotterei, »machst du jetzt mal auf?«

Alex schüttelte bedauernd den Kopf. »Irgendwas stimmt mit dem Türöffner nicht. Und von Hand lässt sich bei der modernen Technik nichts machen. Aber gib mir die Tüte doch einfach rüber. Du kriegst das Geld morgen von mir.«

Mit einem gequälten Lächeln reichte Carlo ihm den Beutel über den Zaun. Ich hatte den Eindruck, dass ihm das alles mehr als peinlich war. Er sah zur Seite, als Alex begeistert auspackte.

»Comics?

Micky-Maus-Comics?« Hille sah mich zweifelnd an. »Bist du ganz sicher?«

Ich nickte und rutschte auf Hilles geblümtem Zweisitzer-Sofa hin und her. »Findest du das blöd?«

Sie drehte sich mit ihrem Schreibtischstuhl zweimal um die eigene Achse. »Weiß nicht. Ein bisschen komisch ist es schon. Micky Maus! Das lesen doch Grundschüler, oder?«

Genau das hatte ich im ersten Augenblick auch gedacht. Carlo hatte mich vom Zaun wegziehen wollen und hatte bestimmt zum dritten Mal gemurmelt, dass ich doch eigentlich gehen wollte, aber ich war einfach stehen geblieben. Dann hatte er mir langatmig erklärt, dass es sich um die Comics seines jüngeren Bruders handle, die er für ihn verkaufe, aber das interessierte mich alles gar nicht.

Je länger ich nachdachte, umso weniger fand ich dabei, dass Alex auf Micky-Maus-Comics stand. Eigentlich war das sogar ganz sympathisch. Wo die meisten Erwachsenen doch denken, Jugendliche interessierten sich bloß für Horror und Action.

Ich sagte das auch so zu Hille, aber sie meinte bloß, das sei eigentlich egal und wie denn das mit Carlo weitergegangen sei. Nach dem, was mir mit Kevin passiert wäre, hätte ich endlich ein Erfolgserlebnis verdient.

Ich lachte. »Der arme Carlo war ganz schön daneben. Ihm war das so was von peinlich, das kannst du dir gar nicht vorstellen! Wahrscheinlich hat er Angst, ich erzähl demnächst in der Klasse rum, dass er Micky Maus liest. Jedenfalls hat er noch mindestens zweimal so ganz nebenbei erwähnt, dass er die Hefte von seinem Bruder hat und sie für ihn an Alex verkauft. Ich glaub ihm aber kein Wort!«

»Also mit Kevin, das war nichts«, stellte Hille fest. »Dann wird es wohl Carlo sein, oder?« Sie musterte mich nachdenklich.

Ich zuckte die Achseln. »Carlo? Ja, wahrscheinlich. Bis jetzt läuft alles ganz prima. Ich hab ihn einfach angesprochen und bin mit ihm bis zu Alex gegangen. Stell dir das mal vor! Ich hatte natürlich keine Ahnung, wo wir landen würden. Und dann hab ich mir noch zehn Minuten die Story von seinem Bruder und vielen Comics angehört. Aber das Entscheidende ist«, ich stand auf und reckte mich, »ich weiß jetzt, wo Alex wohnt, und ich weiß, dass er gerne Micky-Maus-Comics liest und – «

»Gartenzwerge vor dem Haus hat«, beendete Hille den Satz. »Das hast du eigentlich alles nur mir zu verdanken.«

»Dir?«

»Klar doch!« Sie lachte. »Wenn ich vorhin schon zu Hause gewesen wäre, dann wärst du Carlo nicht begegnet. Kannst du mir auch einen Gefallen tun?«

»Was denn?«, fragte ich misstrauisch.

Vorletzte Woche hatte Hille sich eine neue CD von mir ausgeliehen und sofort verschlampt. Außerdem war es überhaupt nicht Hilles Verdienst, sondern ganz allein meinem Plan und meiner Entschlossenheit zu verdanken, dass ich weitergekommen war.

Aber als ich das Gesicht meiner Freundin sah, sagte ich lieber nichts, sondern nickte nur.

»Kannst du mal in die Küche zu meiner Mutter gehen und ihr sagen, dass du kein Mittagessen gehabt hast?« Sie deutete auf ihren Bauch. »Mir ist ganz schlecht. Meine Mutter meint, sie müsste mich innerhalb von drei Wochen in einen Spargel verwandeln. Sie glaubt, sonst würde ich nie einen Ferienjob kriegen und nie eine Lehrstelle. Und einen Mann fürs Leben sowieso nicht.« Sie seufzte. »Das Zeug, das ich zurzeit kriege, nennt sich Reduktionskost. Man könnte auch sagen: viertel Portion von allem. Besorgst du mir zwei Käsebrote und eins mit Marmelade, ja? Wenn du auch Hunger hast, dann drei mit Käse und zwei mit Marmelade.«

Ich winkte ab. »Ich bin noch pappsatt.« Es war sicherlich besser, ihr nicht zu erzählen, dass ich gerade eine ganze Packung Schokoladenkekse verdrückt hatte.

Hille tat mir ziemlich Leid. Sie war zwar nicht gerade dünn, aber das war noch lange kein Grund sie hungern zu lassen.

»Zwei Käsebrote und eins mit Marmelade«, wiederholte ich und schlug die Hacken zusammen. »Besorg ich, Hille, ist doch klar.«

Ihre Mutter saß am Küchentisch, rauchte und las in einer Zeitschrift. Sie schaute auf, als ich in der Tür stand. »Suchst du was?«

Ein bisschen peinlich war es mir schon, aber schließlich machte ich es für Hille.

»Ich hab heute leider kein Mittagessen bekommen«, behauptete ich. »Mein Bruder ist krank geworden und deshalb hatte meine Mutter keine Zeit zu kochen. Und jetzt ist mir ganz schlecht vor Hunger. Könnte ich mir vielleicht ein Käsebrot schmieren ...«

»Aber doch kein Käsebrot!« Frau Ebler war aufgestanden. »Ich hab noch leckeren Auflauf von heute Mittag im Kühlschrank. Wenn du zwei Minuten wartest, schieb ich ihn kurz in die Mikrowelle und ...«

»Das macht doch viel zu viel Mühe«, unterbrach ich sie. »Vielleicht könnte ich mir einfach zwei Käsebrote und eines mit Marmelade schmieren.«

Hilles Mutter schüttelte energisch den Kopf. »Du musst was Warmes essen. Sonst futterst du den ganzen Tag nur so rum. Das macht dick.«

Ich hätte sie darauf hinweisen sollen, dass ich absolut nicht dick war und es wahrscheinlich auch nie werde, aber sie hatte den Auflauf bereits in die Mikrowelle geschoben und Teller und Besteck geholt.

Mir war ganz schlecht, aber bestimmt nicht vor Hunger. Erstens hatte ich gesehen, dass es sich um einen Spinatauflauf handelte, etwas, das nicht unbedingt zu meinen Leibgerichten gehört. Zweitens hatte ich wirklich absolut keinen Hunger, ich hatte sogar das Gefühl, die nächsten drei Tage nichts mehr essen zu können. Und drittens – und das war das Allerwichtigste – saß meine Freundin Hille zwei Türen weiter und wartete sehnsüchtig darauf, dass ich sie mit Broten vor dem Verhungern retten würde.

Ich unternahm einen letzten Versuch und schlug Frau Ebler vor, ich könnte doch auch in Hilles Zimmer essen. »Ich will Sie hier in der Küche nicht stören«, sagte ich.

Doch sie lachte nur und meinte, im Gegenteil, ich würde überhaupt nicht stören und außerdem sei es wichtig, dass Hille bis zum Abendessen nichts Essbares sehen würde.

»Die Oma hat sie leider völlig falsch ernährt«, seufzte sie, als sie mir eine Riesenportion Auflauf auf den Teller häufte. »Irgendwann wird Hille unter ihrer Figur leiden. Deshalb muss sie jetzt anfangen einige Kilos runterzukriegen.«

Sie wünschte mir guten Appetit und setzte sich mit ihrer Zeitschrift mir gegenüber. Ich starrte in den Spinatauflauf und kreiste wie ein Adler mit der Gabel darüber.

Frau Ebler sah kurz auf. »Schmeckt es dir nicht?«, fragte sie besorgt. »Du kannst gerne nachsalzen.«

»Ist nur zu heiß«, erklärte ich und pustete ein bisschen. Wenn jetzt bloß Hille käme! Zu zweit würde uns vielleicht was einfallen.

Ich nahm einen Minibissen und überlegte, ob Frau Ebler mir wohl eine schwere Spinatallergie abnehmen würde. Aber das hätte ich früher sagen müssen.

Der Auflauf schmeckte grauenhaft nach Spinat. Mir wurde fast übel. Ich hatte mich gerade entschlossen, den Teller zur Seite zu schieben und Hilles Mutter zu erklären, dass ich doch nicht so hungrig sei, da klingelte das Telefon.

Wenn ich Glück hatte, würde Frau Ebler aufstehen und in die Diele gehen. Dann könnte ich ...

Natürlich hatte ich kein Glück.

»Telefon«, sagte ich beim fünften Klingeln.

Frau Ebler lächelte milde. »Es ist sowieso meistens für Hille. Soll sie doch selbst rangehen. Etwas Bewegung schadet ihr nicht. Reicht dir der Auflauf? Wie wäre es mit ein bisschen Nachtisch? Selbst gemacht!« Sie stellte eine Schüssel rote Grütze mit Vanillesoße auf den Tisch. »Das magst du doch, oder etwa nicht?«

Ich schüttelte nur noch den Kopf und starrte den Bissen auf meiner Gabel an. Würde ich Hilles Mutter tödlich beleidigen, wenn ich ihr sagte, dass ich diesen Auflauf beim besten Willen nicht essen konnte?

»Telefon für dich!« Hille war in die Küche gestürmt und hielt ihrer Mutter das schnurlose Telefon entgegen. »Warum muss eigentlich immer ich ans Telefon gehen?«

Sie starrte auf den Tisch und entdeckte den Spinatauflauf und die rote Grütze. »Julia, ich dachte, du wolltest ...«, fing sie an, aber dann brach sie mitten im Satz ab, drehte sich um und knallte die Tür hinter sich zu.

»Nein, Mutti, Hiltrud kommt morgen nicht zum Essen zu dir«, hörte ich Frau Ebler betont laut ins Telefon sagen. »Ich kümmere mich schon um ihre Ernährung, und das klappt ganz hervorragend. Nein, sie verhungert bestimmt nicht, du kannst dich ganz auf mich verlassen.«

Ich schob den Teller beiseite, murmelte, dass ich schon total satt sei, und floh aus der Küche. Inzwischen war mir reichlich egal, was Frau Ebler von mir dachte.

Es war genau so, wie ich befürchtet hatte. Hille lag in ihrem Zimmer auf dem Bett und starrte vor sich hin.

»Es ist unheimlich beruhigend, wenn man eine Freundin hat, die einem hilft«, sagte sie leise. »Am besten verschwindest du, bevor ich richtig sauer werde.«

»Hille, ganz ehrlich, es ging nicht anders! Deine Mutter hat mich gezwungen am Tisch sitzen zu bleiben und zu essen. Mir ist fast schlecht geworden und ...«

»Mir ist auch schlecht! Und zwar weil ich euch alle so bescheuert finde!«, schrie Hille. »Omi hat mich jahrelang gemästet und da hat sich meine Mutter überhaupt nicht für mich interessiert. Und dann erinnert sie sich plötzlich daran, dass es mich auch noch gibt, und stellt fest, dass das Kind viel zu dick ist. Also setzen wir Hille einfach auf Diät. Verdammt noch mal! Hätte sie sich das nicht früher überlegen können? Sie weiß doch, wie Oma kocht.« Hille schniefte heftig. »Wahrscheinlich ist es dir auch peinlich, eine dicke Freundin zu haben.«

Ich schüttelte den Kopf. »Das ist doch totaler Quatsch. Glaub mir bitte, ich wollte den Spinatauflauf gar nicht essen, aber deine Mutter ...«

Hille schien mir gar nicht zuzuhören. Sie war aufgestanden und musterte mich. »Ich bin zwar nicht dünn, aber wenigstens hübsch«, sagte sie langsam. »Vielleicht solltest du dir mal Gedanken über deine Frisur machen. Die langen Haare stehen dir nämlich nicht besonders. Die hängen ja bloß runter. Ich glaube kaum, dass Alex darauf steht.«

Blöde Hille! Wegen ihr ließ ich mich mit einem völlig ungenießbaren Spinatauflauf halb vergiften, riskierte Ärger mit ihrer Mutter, weil ich ohne aufzuessen aus der Küche geflohen war, und bekam dann auch noch solche Nettigkeiten an den Kopf geworfen. Mit mir nicht, nein danke!

»Ich denke schon, dass Alex darauf steht«, sagte ich bloß. Am liebsten hätte ich noch hinzugefügt: »Jedenfalls mehr als auf deine Kilos«, aber das wäre zu gemein gewesen.

Ich schnappte meinen Rucksack und würdigte Hille keines Blickes mehr. Sollte sie sehen, wie sie ohne mich zurechtkam.

Ärgerlich ging ich nach Hause. Der ganze Tag war ein einziger Reinfall gewesen. Am liebsten wäre ich bei Alex vorbeigegangen und hätte ihm was vorgeheult und mich von ihm trösten lassen.

Aber dann fiel mir wieder ein, dass sich die Gartentür vor seinem Haus nicht öffnen ließ. Und bei dem Gedanken, wie ich heulend vor dem Gartenzaun stehen würde und Alex auf der anderen Seite, musste ich schon fast wieder lachen.

»Fehlalarm«, begrüßte Mama mich zu Hause erfreut. »Es ist nur ein ganz harmloser Ausschlag, sagt der Arzt. »Wir können am Wochenende also problemlos wandern gehen. Freust du dich?«

»Selbstverständlich«, sagte ich mit Grabesstimme. »Ich kann mir nichts Schöneres vorstellen, als mit meinen Eltern und einem knallrot gefleckten Bruder durch den Schwarzwald zu rennen.«

Am liebsten hätte ich geheult. Wandern mit der Familie, das war nach dem Spinatauflauf von Hilles Mutter so ungefähr das Zweitschlimmste, was mir passieren konnte.

»Kevin kann gerne mitkommen, wenn er will«, meinte Mama.

Es klang so leicht dahingesagt, aber ich merkte, dass sie mich genau beobachtete. Wahrscheinlich glaubte sie mir damit eine Freude zu machen. Ich musste dringend für klare Verhältnisse sorgen. »Kevin wandert nicht und außerdem ist er mir total egal. Er ist zufällig in meiner Klasse und sonst gar nichts. Kannst du mich jetzt endlich mit dem Thema in Ruhe lassen!«

In der Diele hörte ich Papa rumoren, aber er

traute sich nicht ins Wohnzimmer. Klar, er hatte gehört, wie sauer ich war.

»Und außerdem«, fügte ich hinzu, »denken alle Leute, dass Timmi irgendwas Entsetzliches hat. So, wie der aussieht, mit diesen grauenhaften roten Pickeln im Gesicht. Und da willst du wandern gehen?«

Das leuchtete auch meiner Mutter ein. Sie schlug gerade vor, dass Papa und ich ja allein wandern könnten, da kam er ins Wohnzimmer und unterbrach sie. »Also wenn Julia nicht wandern gehen will, dann muss man sie ja nicht zwingen«, sagte er und damit war die Diskussion beendet. »Außerdem kriegen wir Sonntag Besuch.«

»Na also«, sagte ich und verschwand in meinem Zimmer. Warum nicht gleich so, fügte ich in Gedanken hinzu. Warum müssen Mütter immer erst einen Riesenzirkus veranstalten?

Und Hille erst! Sie hatte ja geradezu so getan, als hätte ich sie betrogen! Den grauenhaften Auflauf konnte sie sich an den Hut stecken! Eigentlich musste man davon sowieso abnehmen, denn mehr als einen Bissen bekam man von dem Essen bestimmt nicht runter. Und was Hille über meine Haare gesagt hatte!

Ich holte vorsichtshalber noch mal den Standspiegel. Vielleicht hatte sie ja doch Recht. Mit meiner Nagelschere schnippelte ich ein bisschen an meinen Haaren herum, aber richtig zufrieden war ich damit auch nicht.

Einen Moment lang wollte ich meine Freundin anrufen und sie fragen, was ich denn an meinen

Haaren verändern könnte. Aber dann fiel mir wieder ein, dass wir ja Streit hatten, und ich beschloss, mich nicht bei ihr zu melden. Sollte sie mich doch anrufen! Sie hatte ja schließlich angefangen!

Aber Hille meldete sich nicht. Freitagabend nicht und den ganzen Samstag nicht. Am Sonntagnachmittag, als meine Eltern Besuch von Dobenhubers bekamen, beschloss ich, einfach so zu tun, als sei nichts gewesen und bei ihr anzurufen. Ich brauchte jemanden, mit dem ich reden konnte, über Alex zum Beispiel. Und so schlimm war unser Streit auch wieder nicht gewesen.

Ein paar Minuten lang stand ich unschlüssig vor dem Telefon, dann rief ich an. Aber Hille war nicht da, wie mir ihre Mutter sagte. Hille sei vor ein paar Minuten aus dem Haus gegangen. Sie würde sich mit Mitschülern treffen, wahrscheinlich im Schwimmbad, denn Hille hätte ihren Badeanzug eingepackt. Ob ich nichts davon wüsste? Ich behauptete, klar, habe ich nur vergessen, und legte auf.

Meine beste Freundin Hille! Kaum hatte sie sich mit mir verkracht, schon hatte sie neue Freunde. Und ich? Ich überlegte, ob ich Jenny oder Rita anrufen sollte, ließ es dann aber doch bleiben. Ich würde mich in mein Zimmer verziehen, abschließen und Tagebuch schreiben. Mein letzter Traum hatte mir ganz deutlich gezeigt, wie sehr ich Alex liebte. Wir hatten zusammen Micky-Maus-Comics angeschaut und uns immer wieder geküsst.

Plötzlich kam mir eine grandiose Idee! Timmi besaß auch ein paar Comics. Die würde ich ihm abluchsen und Alex schenken. Schön verpackt natürlich und vielleicht mit einem kleinen Brief versehen! Mir ging es schlagartig besser. Von mir aus konnte Hille mit sonst wem ins Schwimmbad gehen – ich hatte Wichtigeres zu tun!

Ich rannte die Treppe hinunter und lief direkt Herrn Dobenhuber in die Arme.

»Ja, Julia«, staunte er wieder mal, »du bist vielleicht groß geworden. Wie geht's in der Schule? Freust du dich auf die Ferien?« Er lachte laut, während er mir die Hand schüttelte.

Ich nickte bloß und hoffte, dass seine Frau mir nicht die gleichen dämlichen Fragen stellen würde.

Aber Frau Dobenhuber lächelte mich bloß an und meinte, ich sei ja schon richtig erwachsen und sicherlich könnten sie mir die Kinder für die nächsten zwei Stunden anvertrauen. Ich schluckte.

»Spielplatz wird am besten sein«, schlug Frau Dobenhuber fröhlich vor. »Das machst du doch mit Timmi wahrscheinlich auch immer, nicht wahr? Du musst nur aufpassen, dass Deborah und Vanessa nicht allzu wild schaukeln. Ihnen wird immer so schnell übel.«

Deborah, Vanessa und Kai-Willem, der Jüngste, und Timmi als Krönung des Ganzen! Ein Sonntagnachmittag mit diesen Bälgern auf dem Spielplatz – so hatte ich mir den Tag eigentlich nicht vorgestellt.

Mit vier Kindern im Schlepptau ging ich also zum Spielplatz und hoffte, niemandem aus meiner Klasse zu begegnen. Vor allem nicht Alex!

Die Dobenhuber-Kinder waren eine einzige Zumutung. Vanessa nölte rum, weil sie Hunger hatte. Dann nervte Kai-Willem, er habe Durst, später waren es Bauchschmerzen. Ich beschloss einfach auf Durchzug zu stellen.

Timmi entdeckte einen Jungen aus dem Kindergarten und seilte sich mit ihm vom Klettergerüst ab. Dann saßen die beiden ganz oben und schrien Spottverse auf Vanessa und Deborah herunter, die sich mit ihren Sonntagskleidern nicht zu klettern trauten.

Ich setzte mich auf die am weitesten entfernte Bank und ärgerte mich, dass ich mir nichts zu lesen oder wenigstens meinen Walkman mitgenommen hatte. Bis halb sieben würde ich bleiben, keine Sekunde länger.

Was Hille jetzt wohl machte? Wahrscheinlich lag sie im Schwimmbad und unterhielt sich hervorragend, während ich auf dem Spielplatz versauerte. Und wenn Alex dabei war?

In der letzten Nacht hatte ich geträumt, von ihm geküsst zu werden. In der Grundschule hatte mir meine Freundin Sabine, die zwei Jahre älter war, mal erzählt, wie das ist, wenn Verliebte sich küssen: Sie stecken sich die Zunge in den Mund. Sabine wollte das gleich bei mir ausprobieren und mir wurde ganz schlecht dabei. Wie das wohl mit Alex wäre?

Ich schloss die Augen und fühlte Alex' Hand in meinem Nacken. »Ich hab dich schon immer toll gefunden«, hörte ich ihn leise sagen. Genau in diesem Moment – ich wollte ihn gerade etwas Nettes über meine Haare sagen lassen – spürte ich etwas Kaltes, Feuchtes, Schlammiges am Rücken.

Ich drehte mich um und erblickte Timmi und den anderen Jungen, beide mit matschverschmierten Händen und grinsenden Gesichtern. Deborah und Vanessa standen daneben und glotzten wie die Milka-Kühe.

»Seid ihr wahnsinnig?«, brüllte ich. »Wir gehen sofort nach Hause. Timmi, ich sag's den Eltern und du kriegst mindestens vier Wochen Fernsehverbot. Und ...«

»Ich hab's nicht gemacht«, heulte Timmi. »Das war Benjamin, ganz ehrlich. Er wollte dir den Schlamm sogar ins Gesicht schmieren.«

Benjamin hatte sich vor meinem Bruder aufgebaut. Er war mindestens einen halben Kopf größer als Timmi. »Lüg bloß nicht rum hier!«, schrie er. »Das war schließlich deine Idee. Du hast gesagt, dass deine Schwester blöd ist.«

Er wollte noch was sagen, aber Timmi stürzte sich auf ihn. Ich versuchte die beiden Streithähne zu trennen, aber Timmi hatte plötzlich die Energie, die ihm sonst beim Zimmeraufräumen immer fehlt.

»Ich sag's meinem großen Bruder«, brüllte Benjamin. Dann schrie er so laut um Hilfe, dass einige Anwohner den Kopf aus dem Fenster streckten und sich über das unverschämte Kindergeschrei am Sonntagnachmittag aufregten.

Deborah und Vanessa sahen mich erwartungsvoll an. »Verhaust du die beiden jetzt?«, wollte Vanessa wissen. »Soll ich dir dabei helfen?«

»Ich muss die nicht verhauen, die machen das schon selbst«, fuhr ich sie an.

»Benni, lass das!«, hörte ich jemanden rufen.

Ich wandte mich um. Wurde auch Zeit, dass sich jemand um Benjamin kümmerte. Timmi hatte ihm bereits einige Haare ausgerissen.

Der Bruder von Benni kam näher. Der dichte Wolkenhimmel war vor ein paar Minuten aufgerissen und von der Sonne geblendet, kniff ich die Augen zusammen. Erst als er direkt vor mir stand, erkannte ich ihn.

»Carlo?!«

Mit einem geübten Griff zog er seinen Bruder von Timmi weg. »Wenn du jetzt nicht vernünftig bist, gehen wir sofort nach Hause.«

Das wirkte. Benjamin rannte zum Klettergerüst zurück, Timmi, Vanessa, Deborah und Kai-Willem ihm hinterher.

Carlo ließ sich neben mich auf die Bank fallen. Es schien ihm peinlich zu sein, mit seinem kleinen Bruder auf dem Spielplatz angetroffen zu werden.

»Zu Hause gab's ziemlichen Ärger«, sagte er nach einer Weile. »Meine Eltern wollen sich scheiden lassen und streiten dauernd. Also bin ich mit Benni raus, damit er das nicht alles mitkriegt.«

»Und ich hab noch die Kinder von Bekannten aufs Auge gedrückt bekommen«, sagte ich. »Dabei würde mein Bruder allein schon reichen, um einen wahnsinnig zu machen.«

Carlo lachte. »Ich glaube, Eltern bilden sich ein, dass man gern mit seinen jüngeren Geschwistern spielt. Aber die nerven bloß.« Er schwieg.

Nach einer Weile fragte er: »Übrigens, wie weit seid ihr mit der Auswertung für die Schülerzeitung?«

Ich erzählte ihm, dass wir leider noch gar nichts gemacht hätten, und dann schimpften wir ein bisschen auf die Lehrer und die Schule und überlegten, wen wir wohl im nächsten Schuljahr als Klassenlehrer bekommen würden.

»Bloß nicht den Nussler«, stöhnte Carlo. »Weißt du, was der sich neulich geleistet hat?«

Aber er kam nicht dazu, es zu erzählen, denn Deborah und Vanessa hatten ihren kleinen Bruder mit Gras gefüttert und jetzt war ihm schlecht.

»Ich weiß, was man jetzt machen muss«, verkündete Deborah stolz. »Man muss ihm den Finger in den Hals stecken.«

Nach einer kurzen Beratung mit Carlo entschied ich, dass Kai-Willem das Gras nichts geschadet hatte, und schickte ihn wieder spielen.

»Erzähl mal, was der Nussler neulich ...«

»Ach so, ja. Also ...«

Als Kai-Willem dringend pinkeln musste, schaute ich auf die Uhr und stellte fest, dass es bereits halb acht war. Ich sammelte die Bälger ein und machte mich auf den Heimweg.

Carlo blieb noch. »Ich warte lieber ab, bis Benni so müde ist, dass ich ihn gleich ins Bett bringen kann«, sagte er. »Dann kriegt er gar nicht mit, was zu Hause los ist.«

Erst auf dem Heimweg fiel mir ein, dass ich gar nicht mit Carlo geflirtet hatte. Dabei wäre das die ideale Situation zum Üben gewesen und außerdem hätte ich ihn über Alex ausfragen können.

Aber andererseits: So schlecht war der Nachmittag auch nicht gewesen. Carlo hatte viel fröhlicher als sonst gewirkt. Er würde mein neues Versuchskaninchen werden.

Am Montagmorgen

holte mich Hille wie gewohnt ab. »Hör mal«, meinte sie, bevor ich etwas sagen konnte, »unser Streit war blöd und ich hab dich zu Unrecht verdächtigt. Ich entschuldige mich ganz offiziell und ich hab dir auch was mitgebracht.«

Sie zog eine Packung Eiskonfekt aus ihrem Rucksack. »Biete mir aber bloß keines an, ich muss jetzt wirklich abnehmen. Heute Morgen hab ich nur zwei Pfirsiche gegessen.«

Ich war natürlich ziemlich froh, dass der Streit mit Hille beendet war. »Und, was hast du am Wochenende so gemacht?«, erkundigte ich mich, als wir zur Bushaltestelle gingen.

»Ich habe Oma besucht«, sagte sie grinsend. »Es gab Sauerbraten mit Knödeln und nachmittags Kuchen. Meiner Mutter hab ich erzählt, dass ich mit einigen Leuten aus der Klasse ins Schwimmbad gehe. Na ja. Aber, weißt du, inzwischen will ich selber abnehmen. Meine Mutter hat mir nämlich ein Wahnsinnskleid gekauft. Es war irre teuer und eigentlich können wir uns das gar nicht leisten.«

Sie stellte ihren Rucksack ab und schwärmte mir mindestens fünf Minuten von einem Traum in Himmelblau mit dunkelblauem Muster und Spaghettiträgern und ziemlich viel Ausschnitt vor. »Es gibt nur ein Problem«, sagte sie. »Stell dir vor, meine Mutter ... «

»Es gibt gleich ein anderes Problem«, unterbrach ich sie, »wenn wir jetzt nicht rennen, verpassen wir unseren Bus.«

Wir spurteten zur Bushaltestelle, aber der Bus war schon weg. »Gut, gehen wir eben zu Fuß.« Hille grinste mich an. »Dir macht es doch nichts aus, wenn wir zu spät kommen, oder?«

Ich schüttelte den Kopf. Die gute Stimmung wollte ich nicht mit Kleinigkeiten verderben.

»Warum willst du eigentlich abnehmen, wo du so ein tolles Kleid gekriegt hast?«, fragte ich sie. »Das sieht doch blöd aus, wenn es zu weit ist.«

Hille schüttelte den Kopf. »Meine Mutter hat das Kleid zu eng gekauft. Ich hab sogar den Verdacht, dass sie das mit Absicht gemacht hat. Angeblich hatte die Boutique es nur in dieser Größe. Ich hab es zwei Minuten lang angehabt, aber ich durfte nicht ausatmen. Sonst wäre bestimmt eine Naht geplatzt.«

Sie guckte so traurig, dass sie mir total Leid tat. Aber ich hatte keine Ahnung, wie ich ihr helfen konnte.

»Übrigens hab ich deinen Rat befolgt und mich in einer Metzgerei beworben«, sagte Hille nach einer Weile. »Kennst du die Filiale in der Fußgängerzone? Da wird jemand gesucht, der mittags Brötchen belegt. Das ist absolut mein Albtraumjob. Brötchen aufschneiden, belegen, verkaufen. Brötchen aufschneiden ...« Sie lachte. »Und was mach ich, wenn die mich nehmen wollen?«

»Das ist nur zur Übung«, erinnerte ich sie. »Ich hab mich übrigens entschlossen, auf alle Fälle Carlo als Versuchskaninchen zu nehmen.«

Ich erzählte ihr vom Nachmittag auf dem Spielplatz und sie fand meine Entscheidung richtig.

Eigentlich hatte es sich gar nicht gelohnt, in die Schule zu gehen, denn wegen der Vorbereitungen für das große Ereignis – Tag der offenen Tür und anschließend Schulfest – fiel ein Großteil der Unterrichtsstunden aus.

Kevin überreichte Hille und mir die Materialien für die Schulzeitung und meinte, wir könnten das auch allein auswerten.

Hille protestierte, aber ich stieß sie in die Seite und meinte mit dem freundlichsten Lächeln: »Aber klar doch, machen wir.«

Mit Kevin wollte ich so schnell nichts mehr zu tun haben.

Wahrscheinlich war es ein Wink des Schicksals, dass ich an diesem Montag früher nach Hause kam.

Schon auf der Treppe wunderte ich mich, dass meine Zimmertür sperrangelweit offen stand. An meinem Schreibtisch saß Timmi und malte.

Ich sagte bloß: »Verschwinde!«

Da entdeckte ich, dass er sich etwas ganz Besonderes zum Drinherummalen ausgesucht hatte. Mein Tagebuch! Er musste den Schlüssel, den ich so gut versteckt hatte, gefunden haben!

Mit einem Schrei stürzte ich mich auf ihn, aber er war schneller. Das Tagebuch wie einen Schatz an die Brust gepresst, stürmte er die Treppe hinunter, um Schutz zu suchen – natürlich bei Mama.

Ich rannte hinterher, aber es war schon zu spät. Er hatte ihr das offene Tagebuch unter die Nase gehalten und garantiert hatte sie gesehen, was ich zuletzt geschrieben hatte: *Alex, ich liebe dich!*

Ich hatte es mit rotem Filzstift geschrieben und goldene Sternchen drum herum geklebt.

Ich riss ihr das Buch aus der Hand. »Das ist mein Privatleben, das geht niemanden was an«, sagte ich, so ruhig ich konnte.

»Entschuldige, ich wusste nicht, dass es dein Tagebuch ist«, versuchte sie zu erklären. »Ich würde bestimmt nie in deinem Tagebuch lesen, das weißt du doch.«

Sie sah mich an. Sogar Timmi war einen Moment lang ruhig. Wahrscheinlich spürte er, dass irgendetwas Wichtiges im Gange war und seine Chancen das mitzukriegen größer waren, wenn er sich ganz unauffällig verhielt.

Aber er hatte sich getäuscht. Wahrscheinlich war meiner Mutter das Thema auch zu heiß, denn sie meinte nur, dass wir uns bei Gelegenheit mal unterhalten müssten.

»Dir zahl ich's heim!«, drohte ich meinem Bruder, als wir die Treppe hochgingen.

Timmi grinste bloß. »Ich weiß, dass du verliebt bist.«

Bevor ich ihm eine scheuern konnte, war er in sein Zimmer gerannt. Er öffnete die Tür vorsichtig einen Spaltbreit. »Du und Carlo, ihr seid verliebt. Der Benni sagt das auch. Der ganze Kindergarten weiß es schon.«

Ich blieb stehen. »Wie kommst du auf den Blödsinn?«

»Benni hat gesagt, ihr guckt genauso blöd wie die Leute im Liebesfilm. So nämlich!« Er verdrehte die Augen und spitzte den Mund.

Wenn er jetzt erwartete, dass ich ihm eine knallte, dann täuschte er sich. Sollte er doch glauben, was er wollte! Hauptsache, er hatte keine Ahnung, in wen ich wirklich verliebt war.

Ich schloss meine Zimmertür ab, setzte mich in den Schaukelstuhl und schlug mein Tagebuch auf. Hoffentlich hatte Mama nicht gesehen, was auf der gegenüberliegenden Seite stand: *Wir haben uns geküsst!!!!*

Logischerweise würde sie das sofort mit *Alex, ich liebe dich!* in Verbindung bringen. Dabei war das alles nur Traum und Phantasie. Leider!

Ich rannte zum Telefon, ich musste unbedingt mit Hille darüber reden.

Aber Mama telefonierte mit einer Freundin, der sie gerade erzählte, dass ich noch ziemlich jung sei dafür und sie im selben Alter noch mit Puppen gespielt habe.

Am liebsten hätte ich die Wohnzimmertür aufgerissen und ihr ganz cool erklärt, dass ich eben mehr Chancen bei Jungs hätte als sie damals. Aber wahrscheinlich war es günstiger, vor der Tür stehen zu bleiben und zuzuhören. Ich hatte dabei überhaupt kein schlechtes Gewissen, denn schließlich ging es ja um mich.

Bestimmt drei Minuten lang hörte ich mir das übliche »Ja, richtig ... sollte ich machen ... finde ich auch« und so weiter an.

Ich hatte gerade beschlossen, mir den Rest des Telefonats zu schenken, da hörte ich Mama sagen, dass dieser Alex bestimmt bei mir in der Klasse sei und sie überlege, ob sie sich nicht mal mit seinen Eltern in Verbindung setzen solle.

In diesem Moment schrie Timmi draußen im Garten wie am Spieß und Mama legte sofort auf, um ihren Liebling vor irgendwelchen wilden Tieren zu retten.

Es war bloß eine Wespe, die ihn in den Fuß gestochen hatte, aber er machte ein Riesentheater, bis Mama versprach ihn nachmittags seine drei Lieblingssendungen gucken zu lassen.

»Und einen Vanillepudding«, verlangte er. »Und kein Gemüse heute.«

Sie murmelte etwas und legte ihn ins Wohnzimmer auf die Couch. Dann stellte sie den Fernseher an.

Dass ich die ganze Zeit reglos auf der Treppe saß, schien sie gar nicht zu bemerken.

Ich hätte mindestens genauso einen Grund gehabt zu heulen wie Timmi. Was, wenn Mama in der Schule anrief und fragte, wer Alex ist. Und was, wenn sie seine Eltern informierte, dass wir uns geküsst hätten? Würden dann seine Eltern mit ihm darüber reden? Alex würde es bestimmt nicht fassen können!

Mir wurde ganz heiß und kalt, als ich mir das vorstellte. Das würde *die* Sensation! Die ganze Klasse, nein, die ganze Schule würde über mich lachen. Julia phantasiert, dass Alex mit ihr rumknutscht, und ihre Eltern glauben das auch noch. Dabei will er von der doch gar nichts wissen! Wie die schon aussieht! Diese komischen Haare!

Ich stand auf und betrachtete mich im Dielenspiegel.

Mama, in der linken Hand einen Becher Vanillepudding und in der rechten ein Gel gegen Insektenstiche, sah mich erstaunt an. »Hast du was?«

Ich nickte. »Ich glaube, ich lass mir die Haare wieder schneiden. Oder ich leg mir eine andere Haarfarbe zu. Oder vielleicht rote Strähnchen ...«

Sie schüttelte fassungslos den Kopf. »Julia, hast du im Moment keine anderen Sorgen? Dein Bruder hat Schmerzen und du denkst nur an dein Aussehen. Sind alle Jugendlichen so oberflächlich?« Dann rannte sie ins Wohnzimmer zu ihrem Liebling Timmi.

Ich hätte meine ganze Familie auf den Mond schießen können. Leider fehlten dazu die entsprechenden Vorrichtungen im Haus.

Ich beschloss statt Hausaufgaben lieber was für mein Aussehen zu tun. Im Drogeriemarkt besorgte ich mir extra starkes Haargel und einen blauen

Kajalstift. Zu mehr reichte mein Taschengeld in diesem Monat nicht mehr. Aber bis zum Schulfest würde ich mir noch einen pinkfarbenen Lippenstift leisten können.

Dann ging ich zu Hille. Ich musste dringend mit einem vernünftigen Menschen reden.

»Hille, du hörst ja überhaupt nicht zu!«

Meine Freundin zuckte zusammen. »Doch, klar, und ich find's auch ziemlich bescheuert, wie deine Mutter sich verhält und dass sie dann auch noch alles ihrer Freundin erzählt.« Sie lachte hektisch. »Es ist einfach so, ich hab demnächst das Vorstellungsgespräch in der Metzgerei. Ich will den Job ja gar nicht, aber ich will, dass endlich jemand *mich* will! Und außerdem müssen wir noch die Sachen für die Schulzeitung machen. Das ist alles so bescheuert.«

Einen Moment lang hatte ich den Eindruck, dass sie gleich in Tränen ausbrechen würde, aber sie riss sich wieder zusammen.

»Wie bist du überhaupt auf die blödsinnige Idee gekommen, deinen Traum aufzuschreiben?«, fragte sie.

Der Traum war so wunderschön, hätte ich antworten können. Ich will ihn nie vergessen, weil es das erste Mal war, dass ich geküsst wurde. Es war ein Gefühl, wie im Frühling auf einer Wiese zu stehen, die Luft tief einzuatmen und zu spüren, dass man sehr glücklich ist.

Das alles hätte ich sagen können, aber ich zuckte nur die Schultern und grinste verlegen.

»Jedenfalls hab ich inzwischen nicht nur das Problem, dass bis zum Schulfest die Sache mit Alex laufen muss, sondern auch noch, dass meine Eltern auf keinen Fall bei ihm zu Hause anrufen dürfen«, seufzte ich.

»Und ich hab auch ein dickes Problem«, schimpfte Hille. »Die Zeit wird langsam knapp überhaupt noch einen Ferienjob zu finden. Die guten Jobs sind garantiert alle schon weg. Soll ich dir mal aufzählen, was ich schon alles unternommen habe, um endlich was zu finden?«

Ich schüttelte den Kopf. Am liebsten hätte ich gegähnt. Hilles Probleme waren mir im Moment reichlich egal.

»Ich könnte morgen mal einen anderen Weg zur Schule gehen«, überlegte ich laut. »Vielleicht habe ich Glück und Alex läuft mir über den Weg. Ich müsste ihn eigentlich warnen, was eventuell auf ihn zukommt. Anruf von meiner Mutter und so!«

»Versuch's doch einfach mal!« Hille klang ziemlich desinteressiert.

Ich schlenderte durch die Stadt. Nach Hause zu gehen hatte ich keine Lust. Das Gespräch mit Hille hatte mir auch nicht weitergeholfen. Sie hatte sich zwar alles angehört, aber in Wirklichkeit interessierte sie sich bloß für ihren blöden Ferienjob.

Vielleicht treffe ich ja zufällig Alex, überlegte ich, als ich mich auf eine der Bänke am Rathausbrunnen setzte. Aber das war natürlich reines Wunschdenken.

Als ein Bus mit Rentnern auf dem nahe gelegenen Parkplatz hielt und die alten Leute auf der Suche nach einer Sitzgelegenheit die Bänke stürmten, gab ich auf. Ich nahm mir vor, nach Hause zu gehen und was für die Schule zu machen. Kurz vor der Notenkonferenz war es immer günstig, ein ordentlich geführtes Heft vorweisen zu können.

Fast wäre ich über einen Fahrradanhänger gestolpert, der auf dem Gehweg stand.

»Entschuldigung«, rief jemand aus dem Vorgarten.

Ich wollte schon schimpfen, da sah ich, dass es Carlo war, der Zeitungen austrug. Auch er schien mich im ersten Moment nicht erkannt zu haben, denn er wirkte ziemlich verlegen.

»Ich komme ein Stück mit«, erklärte ich ihm. Dieses Mal werde ich einiges über Alex erfahren, nahm ich mir vor.

Carlo nickte.

Einmal in der Woche, so erzählte er mir, trug er Werbeprospekte für den Supermarkt aus, und wenn er Glück hätte, würde er in den Ferien dort auch zwei Wochen lang jobben können. »Ich weiß bloß nicht, was ich dann mit meinem Bruder mache. Der Kindergarten hat Ferien und meine Mutter ist gestern endgültig ausgezogen. Ich sag dir, Familie ist ganz schön hart.«

»Stimmt. Wenn du wüsstest, was ich mit meinem Bruder ständig erlebe! Weißt du, meine Eltern tun so, als wäre Timmi das Tollste überhaupt und ich, na ja. Ich bin halt vorhanden, wie so ein Möbelstück eben.«

Carlo schob das Fahrrad, ich warf die Prospekte in die Briefkästen und dabei unterhielten wir uns: über die Eltern, die Brüder, die Schule ...

Carlo konnte richtig gut zuhören. Am liebsten hätte ich ihm alles erzählt – auch von Alex –, aber das ging dann doch nicht.

Spätnachmittags waren wir mit Austragen fertig.

Jetzt frage ich ihn, dachte ich, ob er mich für die Mithilfe zu einem Hamburger einlädt. Das wäre die ideale Möglichkeit flirten zu üben!

Da meinte Carlo erschrocken, dass es schon reichlich spät sei und er seinen Bruder bei einem Kindergartenfreund abholen müsse.

Egal, dachte ich, mit Carlo verstehe ich mich inzwischen so gut, dass ich ihm irgendwann von Alex erzählen werde, und dann wird er mir helfen.

Ich war mir ganz sicher – auf Carlo kann man sich verlassen.

Beim Abendessen merkte ich am Verhalten meiner Eltern, dass sie über meinen Tagebucheintrag gesprochen hatten. Am liebsten hätte ich mich beim Kinderschutzbund oder bei irgendeinem Gericht über diese Schnüffelei beschwert.

Timmi ging nach dem Essen anstandslos ins Bett. Ab diesem Moment war ich gewarnt. Was hatten Mama und Papa ihm versprochen, dass er zum ersten Mal in seinem Leben ohne Geschrei und ohne den Versuch noch eine halbe Stunde herauszuschinden, schlafen ging?

Papa räusperte sich und setzte seine Ich-meinees-ja-nur-gut-mit-dir-Miene auf. »Julia, ich finde, wir sollten miteinander reden.«

Ich lächelte ihn freundlich an. »Das tun wir doch schon den ganzen Abend.« Innerlich kochte ich vor Wut.

Papa räusperte sich noch mal und dann meinte er, es habe überhaupt keinen Zweck, lange drum herum zu reden. Er und Mama machten sich Gedanken, ob ich nicht zu jung für eine Beziehung sei.

»Ich hab keine ›Beziehung‹, oder wie du das nennst!« Beziehung, ich hasste dieses Wort. Ich wollte Liebe und keine »Beziehung«. Aber das würden meine Eltern niemals verstehen.

Mama lachte nervös auf. »Julia, die Sache mit dem Tagebuch lief unglücklich und ich habe mich auch bei dir entschuldigt. Aber du musst uns zugestehen, dass wir – wenn wir nun zufällig davon erfahren haben – auch etwas dazu sagen müssen. Wir wollen dir Alex doch nicht verbieten. Aber neulich war es noch Kevin und jetzt Alex! Geht das nicht alles ein bisschen schnell?« Sie blickte ärgerlich zu Papa, der sich inzwischen eine Zigarette angezündet hatte.

»Wir wollen dir Alex nicht verbieten«, wiederholte Papa und drückte schuldbewusst die Zigarette aus. Bei uns herrscht Rauchverbot im Haus und dass er sich eine Zigarette angesteckt hatte, zeigte mir, wie nervös er war. »Aber wir würden ihn gern mal kennen lernen. Wir wissen ja gar nichts über ihn...«

Ich weiß leider auch nicht viel über ihn, dachte ich.

»… deshalb ist es vielleicht am besten, wenn wir uns mal mit seinen Eltern in Verbindung setzen«, hörte ich Mama sagen.

Ich seufzte leise. Es blieb mir nichts anderes übrig: Ich musste ihnen die Wahrheit sagen, so peinlich das auch war.

»Das ist doch alles gar nicht Wirklichkeit«, sagte ich leise. »Ich hab alles nur geträumt, und weil es so ein schöner Traum war, habe ich es aufgeschrieben.«

Mama und Papa sahen sich an.

Mama schüttelte den Kopf. »Wir sind ziemlich großzügig, was dein Verhalten angeht, das weißt du. Aber Lügen, Julia, Lügen dulden wir nicht. Das zerstört das Vertrauen in der Familie.«

Es war zum Verrücktwerden. Ich sagte die Wahrheit und keiner glaubte mir. Sollte ich in Zukunft besser nur noch lügen?

Immerhin gelang es mir, meine Eltern davon zu überzeugen, dass ein Anruf bei Alex' Eltern ungünstig war. Ich versprach dafür, ihn demnächst mitzubringen, damit sie sich von seiner Ungefährlichkeit überzeugen könnten.

Als ich aufstand, hielt Mama mich am Arm fest. Sie bemühte sich zu lächeln. »Du weißt ja, wenn du ein Problem hast, kannst du immer zu deinen Eltern kommen. Und mit Kevin bin ich doch auch gut klargekommen, oder?«

Ich nickte.

Im Wohnzimmer erwischte ich Timmi vor dem Fernseher. Er hatte den Ton leise gedreht und schaute einen Actionfilm. Zuerst wollte ich zu den

Eltern rennen und petzen, aber dann kam mir die Idee, dass mein Bruder auch mal zu was nütze sein konnte.

»Timmi, wenn du Geld verdienen willst ...«

»Klar will ich Geld verdienen.«

»Du kannst mir deine alten Micky-Maus-Hefte verkaufen«, schlug ich vor. »Zehn Hefte für einen Euro. Das ist ein Supergeschäft.«

Timmi überlegte kurz. »Zwei Euro!«

Ich schüttelte den Kopf. »Gut, dann eben nicht. So schnell verdienst du dir aber einen Euro nicht mehr, das kannst du mir glauben. Wenn du's dir überlegt hast, kannst du dich ja melden.«

Irgendetwas musste ich tun. Ich setzte mich an den Schreibtisch, starrte Löcher in die Luft, bis ich schließlich Alex einen Liebesbrief schrieb, den ich anschließend verbrannte. Nie mehr würde meinen Eltern irgendein Beweis in die Hände fallen.

Aber danach fühlte ich mich auch nicht besser. Ich beschloss Carlo anzurufen und am Telefon mit ihm zu flirten. Telefonisch würde das bestimmt prima klappen und anschließend – wer weiß, vielleicht würde ich von ihm etwas über Alex erfahren und den dann anrufen.

»Du Carlo«, sagte ich, nachdem wir uns lange über die Schule und das Schulfest unterhalten hatten, »weißt du, dass ich dich eigentlich unheimlich nett finde?«

Ein bisschen komisch klang meine Stimme schon. Warum eigentlich, dachte ich, mir liegt doch gar nichts an ihm.

»Hallo, bist du noch dran?«, fragte ich nach einer langen Pause.

Carlo räusperte sich. »Was hast du gerade gesagt?«

Ich wurde knallrot vor Wut. Was bildete sich dieser Typ eigentlich ein? Am liebsten hätte ich sofort aufgelegt, aber er war schließlich mein Versuchsobjekt und vielleicht war es ja ganz gut, dass er nicht so reagierte, wie ich erwartet hatte.

Ich überlegte kurz und beschloss, die Naive zu spielen.

»Ich hab nichts gesagt«, behauptete ich. »Vielleicht ist eine Störung in der Leitung.«

»Kommt manchmal vor, dass irgendwelche anderen Leute plötzlich mitreden«, sagte Carlo und erzählte mir eine ellenlange Geschichte, die seinem Vater mal passiert war.

»Ist das eine Hitze heute«, sagte Hille am nächsten Vormittag in der Schule.

Wegen eines Zahnarzttermins war sie erst zur dritten Stunde gekommen und eigentlich hatte ich gehofft, dass irgendein Lehrer auf die Idee kommen würde, Alex wieder zu mir nach vorne zu setzen, aber Alex fehlte.

»Ich weiß nicht, was schlimmer ist: Zahnarzt oder Geschichte bei Napoleon«, stöhnte meine Freundin, als Napoleon das Klassenzimmer betrat.

Eileen wandte sich um. Sie sagte laut: »Meinst du, wir kriegen Hitzefrei?«

Wir überlegten gerade, ob wir zum Direktor gehen und Hitzefrei fordern sollten, da unterbrach uns Napoleon. Wir seien das reinste Damenkränzchen und würden sowieso nur Blödsinn reden.

Er lächelte gemein. »Von irgendjemandem von euch brauche ich noch mündliche Noten. Soll ich mal nachgucken?« Er holte sein rotes Notenbuch heraus und setzte seine Brille auf.

»Oh Gott, ich bin dran, ich weiß es genau«, stöhnte Hille neben mir.

Napoleon hatte sein Notenbuch aufs Pult gelegt und schaute direkt in unsere Richtung.

Hille würde eine Sechs machen, das sah man ihr schon an.

»Herr Dieringer«, sagte ich schnell, »ich finde es nicht gut, dass sie uns ›Kaffeekränzchen‹ genannt haben. Wir haben nämlich was Interessantes diskutiert.« Napoleon hob die Augenbrauen. Ich musste mich beeilen. »Wir haben über die Abseitsregeln diskutiert.«

»Ach? Ich glaube nicht, dass ihr euch da auskennt!«

Hille hatte kapiert. Es würde klappen. Sie hatte den Gesichtsausdruck eines fast schon Ertrunkenen, der gerade nach dem rettenden Strohhalm greift. »Doch«, sagte sie, »aber Julia und Jenny glauben mir nicht.«

»Ach, dann lass mal hören«, sagte Napoleon.

Es klappte. Fünf Minuten später hatte er vergessen, dass er eigentlich mündliche Noten vergeben wollte. Stattdessen stand er an der Tafel und erklärte uns anhand von Strichmännchen, wie er als Spieler in der Regionalliga vor fünfunddreißig Jahren in der 83. Minute das entscheidende Tor geschossen hatte. Der Schiedsrichter hatte es wegen Abseits nicht anerkannt, aber es war kein Abseits gewesen, wie uns Napoleon immer wieder sagte.

Natürlich interessierte sich keiner von uns dafür – wir hatten die Geschichte in den letzten Schuljahren mindestens schon dreimal gehört – aber es war immer noch besser als über die erste Verfassung der Französischen Revolution abgehört zu werden.

Napoleon kämpfte mit den Strichmännchen an der Tafel – er hatte sich verzählt und dreiundzwanzig gemalt – und wir saßen gemütlich in unseren Bänken und hingen unseren Gedanken nach.

»Für Jenny«, flüsterte Miriam hinter mir und gab mir einen zusammengefalteten Zettel.

Ich wollte ihn schon weiterreichen, da grinste mich Hille an. »Liebesbriefe im Unterricht sind verboten!«, flüsterte sie. »Lass uns gucken, wer in wen verknallt ist!«

Aber es war kein Liebesbrief, sondern die Einladung für Jennys Geburtstagsfete. *Die Fete,* hatte Jenny geschrieben, *muss aus technischen Gründen vorverlegt werden und findet schon heute Abend ab 18.30 Uhr statt.*

Sieben Mädchen und vier Jungs aus der Klasse hatte sie inzwischen eingeladen und der größte Teil von ihnen hatte zugesagt.

Hille grinste mich an. »Alex fehlt heute, deshalb steht er nicht drauf. Aber ich weiß genau, dass er auch eingeladen ist. Und was ist mit uns?«

Ich zuckte die Schultern. Natürlich ärgerte ich

mich, dass Jenny mich nicht eingeladen hatte, aber ich hätte das nie zugegeben.

»Bestimmt hat Jenny uns vergessen«, sagte Hille leise. »Aber wir gehen hin, einverstanden?«

Bevor ich noch protestieren konnte, hatte sie unsere Namen auf die Liste gesetzt und ein dickes O. K. dahinter gemalt. Mit unschuldigem Lächeln tippte sie Jenny an und reichte ihr den Zettel.

Jenny und Eileen studierten die Liste. Dann wandten sich beide um.

»Irgendjemand hat die untere Hälfte abgeschnitten«, behauptete Jenny. »Da standen eure Namen drauf. Ich hätte euch auf jeden Fall auch sonst noch Bescheid gesagt.«

»Klar doch«, sagte ich und musste mir das Grinsen verkneifen.

»Pst«, machte jemand von hinten.

Napoleon guckte missmutig. »Euch interessiert ja gar nicht, dass man euch was erklärt«, knurrte er. »Wo waren wir stehen geblieben? Ach ja, das Wahlrecht in der ersten Verfassung!«

Schwungvoll drehte er sich um und wischte die dreiundzwanzig roten und grünen Männchen mit dem triefenden Schwamm von der Tafel. Dann zückte er sein Notenbuch, rief Alex auf, stellte fest, dass er fehlte, und kündigte eine Kurzarbeit für die nächste Stunde an.

Mittags wünschte ich Hille viel Glück bei ihrem Vorstellungsgespräch in der Metzgerei.

»Bei dir klappt es«, sagte ich beschwörend, »und bei mir auch.«

Sie sah mich fragend an. »Du meinst heute Abend?«

»Ja«, sagte ich. »Heute Abend entscheidet es sich. Ich bin mir ganz sicher! Hille, das vergess ich dir nie, dass du uns einfach so eingeladen hast. Super!«

Jenny war gar nichts anderes übrig geblieben als so zu tun, als ob wir auch eingeladen gewesen wären. Ich hatte sie in der großen Pause noch gefragt, ob wir auch einen Horrorfilm mitbringen sollten, aber sie hatte schon drei und zu mehr würde die Zeit ohnehin nicht reichen.

»Ich hol dich ab«, versprach ich Hille und ging so glücklich wie schon lange nicht mehr nach Hause.

Natürlich war Jenny die Hauptperson bei ihrer Fete, aber irgendwie musste es mir doch gelingen, mit Alex ins Gespräch zu kommen. Ihn nach seinen Amerika-Jahren zu fragen fand ich langweilig. Wahrscheinlich hatte er das alles schon tausendmal erzählt. Irgendein Thema musste doch zu finden sein, das ihn wirklich interessierte. Fußball? Tennis? Musik?

Ich merkte, wie meine gute Laune verschwand. Wahrscheinlich würde ich bloß dasitzen und kein Wort reden und Jenny würde sich hervorragend mit Alex unterhalten, lachen und ...

Die Comics! Natürlich, warum war ich nicht gleich darauf gekommen!

Ich stürmte ins Haus und bot Timmi zwei Euro für seine Comics.

Dann griff ich zum Telefon. Jetzt hatte ich einen guten Grund Alex anzurufen.

Mindestens zehnmal musste ich es läuten lassen, bis endlich jemand abnahm. Mit jedem Läuten wurde mein Herzklopfen stärker.

»Cleef«, meldete sich Alex.

»Hallo, hier ist Julia. Aus deiner Klasse«, fügte ich hinzu.

Er lachte kurz. »Klar doch. Ich hab dich sofort erkannt. Mir war heute Morgen übel, deshalb bin ich nicht in die Schule gekommen. Aber jetzt geht's mir wieder besser.«

»Ich hab von meinem Bruder ziemlich viele Comics«, sagte ich schnell, bevor eine peinliche Pause entstehen konnte. »Wenn du heute Abend zu Jennys Fete kommst, dann bringe ich sie mit.«

»Comics? Micky Maus?«

»Zehn Stück. Die sind prima erhalten!«

»Julia, ich finde dich super. Klar, das ist eine tolle Idee. Vergiss die Comics nicht, ja?«

»Julia, ich finde dich super!«, hatte er zu mir gesagt.

Ich schrieb den Satz mit goldfarbenem Stift in mein Tagebuch. Dann informierte ich meine Mutter, dass ich abends zu einer Geburtstagsfete bei einer Klassenkameradin eingeladen sei, und räumte meinen Kleiderschrank aus.

Es half alles nichts. Ich brauchte etwas Neues zum Anziehen. Mit dem Geld von meinem Geburtstag ging ich in die Stadt, kaufte mir ein silbergrau glänzendes Top und den rosa Lippenstift, den ich mir eigentlich gar nicht leisten konnte, und für Jenny einen Bildband über Delfine, den es zum

Sonderpreis gab. Dann entdeckte ich sündhaft teures Geschenkpapier mit kleinen bunten Herzen und beschloss, die Comics für Alex darin einzuwickeln. Wenn er erstaunt reagieren würde, konnte ich immer noch sagen, dass ich kein anderes Papier gefunden hätte.

Äußerst zufrieden war ich kurz nach halb fünf zu Hause. Ich hatte noch genügend Zeit, um mir die Haare zu waschen, mich umzuziehen und mich zu schminken. Aber zuerst wollte ich meine Geschenke verpacken.

»Timmi«, rief ich, »bringst du mir jetzt die Comics?«

Mein Bruder erschien oben an der Treppe. Er feixte. »Ich bin nicht so blöd, wie du denkst! Die Comics sind viel mehr wert.«

Am liebsten hätte ich ihn geschüttelt, aber ich wollte mir nicht die Stimmung verderben. Außerdem war Mama in der Nähe. Ich hörte, wie sie die Wohnzimmertür öffnete.

»Also gut, ich geb dir drei Euro!«, erhöhte ich mein Angebot. »Mehr ist aber wirklich nicht drin.«

»Julia!« Mama stand in der Diele und sah mich tadelnd an. »Ich möchte nicht, dass du Geschäfte mit deinem Bruder machst. Außerdem ...«

»Wenn Timmi und ich Geschäfte machen, dann geht das nur uns was an«, sagte ich sehr laut.

Timmi grinste immer noch. Er holte einen Zehn-Euro-Schein aus seiner Hosentasche und wedelte mir damit vor der Nase herum. »Den hab ich gekriegt!«

»Dann freu dich«, sagte ich unfreundlich. »Verkaufst du mir jetzt deine Comics oder nicht?«

»Die sind doch schon verkauft«, freute sich Timmi. »Ich hab zehn Euro dafür gekriegt.«

Ich musste mich setzen. Mama sah mich besorgt an.

»An wen hast du die Comics verkauft?«

Mama schickte Timmi in sein Zimmer und brachte mir ein Glas Wasser. »Du warst gerade weg, da kam ein Junge. Er hat gesagt, er sei aus deiner Klasse und du hättest ihm die Comics angeboten. Und er hat Timmi zehn Euro dafür gegeben. Ich war zwar der Meinung, das ist zu viel, aber Timmi hat ziemliches Theater gemacht und … na ja, du kennst das ja.«

»Ja«, murmelte ich, »ich kenne das.« Langsam ging ich die Treppe hoch in mein Zimmer.

Eine Stunde später hatte ich mich wieder einigermaßen erholt. Vielleicht war es gar nicht so schlimm, dass Alex die Comics selbst geholt hatte. Vielleicht hatte er sogar gehofft, mich zu treffen!

Schlagartig besserte sich meine Laune wieder. Außerdem hatte ich nun ein Gesprächsthema: Ich würde mit ihm über meinen Bruder schimpfen, der ihm viel zu viel Geld abgeknöpft hatte, und Alex deshalb zum Eisessen einladen.

Zehn vor sechs klingelte Hille Sturm.

»Mensch, wie siehst du denn aus?«, fragte ich erschrocken, als ich ihr die Tür aufmachte.

»Meinst du, du würdest glücklicher gucken, wenn du eine Dreiviertelstunde lang Brötchen im Akkord geschmiert hättest? Hier!« Sie hielt mir ihren verbundenen Daumen hin. »Fast hätte ich mir die Fingerkuppe abgesäbelt. Wurst schneiden, Brötchen aufschneiden, Wurstscheibe drauf, Gurke drauf, zusammenklappen und so weiter ... Ich sag dir!«

Hille war so fertig, dass ich Eis aus der Tiefkühltruhe holte und uns eine Riesenportion auf den Teller häufte. Das hatten wir uns jetzt verdient.

Hille sagte auch kein Wort mehr von ihrer Schlankheitskur.

Als sie aufgegessen hatte, meinte sie lediglich: »Willst du vielleicht mein neues Kleid? Wenn es zu weit ist, macht es doch nichts, oder?«

Ich schüttelte den Kopf. Mir war gerade eine Superidee gekommen. »Warum muss man eigentlich dich für das Kleid passend machen?«, fragte ich sie. »Was hältst du davon, wenn wir das Kleid für dich passend machen?«

Meine Freundin guckte mich einen Moment lang fragend an, dann lachte sie schallend. »Du meinst ...?«

»Genau! Ich helf dir dabei, denn mit deinem Daumen kannst du das allein wahrscheinlich nicht. Am besten fangen wir gleich morgen an. Wenn es mit dem Job nicht klappt, dann suchen wir uns eben ein anderes Erfolgserlebnis«, sagte ich kichernd. »Aber jetzt müssen wir los. Ich darf bis zehn bleiben. Und du?«

»Eigentlich hab ich gar keine Lust mehr auf Jennys Fest. Am liebsten würde ich nach Hause gehen und fernsehen oder mein Kleid ändern.«

»Morgen machen wir das, ganz bestimmt«, versprach ich ihr. »Aber du musst mitkommen. Ich fühl mich dann besser, o. k.?«

Irgendwie

gelang es mir, Hille zum Mitkommen zu überreden. Weil sie ihr Geschenk – eine Vase aus dunkelblauem Glas – vergessen hatte, mussten wir erst noch bei ihr vorbei und waren die Letzten, die bei Jenny aufkreuzten.

Jenny hatte das Wohnzimmer ausgeräumt und Matratzen und Isomatten ausgelegt, auf denen die meisten im Schneidersitz hockten und Pizza mit Schokocreme aßen. Die Rollläden waren fast ganz heruntergelassen. Ich versuchte mich im Halbdunkel zurechtzufinden.

»Setzt euch zu uns«, rief Miriam. »Es ist noch jede Menge Pizza übrig. Wir platzen gleich, wenn wir so weiteressen.«

Hille lachte gequält. Der Abend würde hart werden für sie.

»Siehst du Alex irgendwo?«, fragte ich sie flüsternd.

Hille kniff die Augen zusammen. »Bis jetzt nicht«, meinte sie, »aber vielleicht kommt er ja noch.«

Wir ließen uns bei Miriam, Rita und Diniah nieder und erfuhren, dass Jennys Mutter versehentlich dreißig statt zwanzig Pizzaböden mit Schokocreme bestrichen hatte.

»Die müssen jetzt alle aufgegessen werden«, meinte Diniah und verzog das Gesicht. »Ich bin sicher, dass ich nie wieder im Leben Schokocreme essen werde.«

Die Stimmung war mäßig. Jenny rannte die ganze Zeit herum, packte Geschenke aus und bedankte sich überschwänglich.

Eileen war die Schokopizza auf ihr hellblaues Kleid gefallen. Sie versuchte den Fleck auszuwaschen, aber ohne Erfolg. Ein paar von den Jungs spielten Karten, Jennys Cousine legte CDs ein, die die meisten blöd fanden, und nur Hille schien sich wohl zu fühlen.

»Schokopizza hab ich schon ewig lange nicht mehr gegessen«, verkündete sie mit vollem Mund. »Meine Mutter behauptet immer, das könnte man nicht essen.«

Ich stand auf und schlenderte durch das Zimmer. Endlich hatte Jennys Cousine eine gute CD ausgesucht und ein paar Mädchen tanzten in der Diele.

Eileen und Jenny standen vor der Küche und wirkten ziemlich ratlos.

»Soll ich ihn anrufen?«, hörte ich Jenny sagen. »Er hat doch versprochen zu kommen. Eigentlich müsste er längst da sein.«

Sie hatte mich entdeckt und tauschte mit ihrer Freundin einen kurzen Blick.

Ich hätte fast gegrinst. Mir konnten die beiden nichts vormachen. »Alex hat mir am Telefon gesagt, dass er bestimmt kommt«, sagte ich ganz locker. Am liebsten hätte ich noch hinzugefügt: Er hat auch gesagt, dass er mich super findet. Aber es war Jennys Geburtstagsfest und ich wollte ihr die Stimmung nicht allzu sehr verderben.

»Na, dann wird er ja wohl noch auftauchen«, meinte sie. »Wollen wir jetzt mal mit den Videos anfangen? Meine Eltern kommen um halb elf wieder und dann ist die Fete leider vorbei. Andreas, legst du mal 'ne Videokassette ein?«

Wir setzten uns im Halbkreis um das Fernsehgerät, Jenny ließ die Rollläden ganz herunter, warnte uns davor, bei dem Horrorfilm hysterisch zu schreien, weil dann die anderen Mieter im Haus Ärger machen würden, und gab das Startzeichen.

Nichts passierte.

Hille kicherte. »Klappt nicht«, meinte sie. »Das Videogerät ist bestimmt kaputt. Wir hatten neulich das gleiche Problem.«

Irgendjemand machte die Deckenbeleuchtung an, damit Andreas, der mit hochrotem Gesicht am Videorecorder herumfummelte, etwas sehen konnte.

»Der versteht nichts von Technik«, rief Norman und innerhalb von wenigen Minuten ballten sich fünf Leute um das Videogerät und drückten alle möglichen Knöpfe – ohne Erfolg.

»Ich ruf Alex an«, meinte Jenny plötzlich. »Alex kennt sich hundertpro damit aus.« Sie stand auf und rannte zum Telefon.

Ich war mir hundertpro sicher, dass sie gottfroh darüber war, einen Grund zu haben, bei ihm anzurufen. Einerseits gönnte ich es ihr ja, dass er nicht gekommen war, andererseits hoffte ich, dass er noch auftauchen würde. Ich würde ihm gleich sagen, wie unmöglich das Verhalten meines Bruders gewesen sei, und dass ich ihn deshalb zu einem Eis einladen wollte.

Im Wohnzimmer war inzwischen ein heftiger Streit ausgebrochen, welches der drei Videos, die Jenny besorgt hatte, zuerst angeschaut werden sollte.

»Erst mal müssen wir dieses Schrottgerät zum Laufen bringen«, schimpfte Rita, die wie verrückt alle möglichen Knöpfe drückte und Steckverbindungen prüfte. »Ich darf nur bis halb zehn bleiben, und wenn wir nicht bald anfangen, lohnt es sich sowieso nicht mehr.«

»Und?«, rief sie dann Jenny zu, die mit dem Telefon in der Hand an der Tür stand. »Kommt Alex?«

Mein Herz klopfte ganz stark. Bestimmt würde er kommen. Er hatte doch nachmittags zu mir gesagt, wie super er mich findet. Er musste einfach kommen.

Jenny schüttelte den Kopf. Sie wirkte total frustriert. »Ich hab mit seiner Mutter geredet. Er fühlt sich immer noch nicht ganz gesund. Er liegt im Bett und liest Comics.«

»Er liest Comics?«

Alle blickten mich erstaunt an. Ich musste das laut gesagt haben.

»Na und?«, sagte Eileen aggressiv. »Was ist dabei? Alex mag eben Comics. In Amerika ist das auch bei Erwachsenen so üblich. Die sind sicher interessanter zu lesen als Bücher über Delfine oder so was.«

Alex lag im Bett und las die Comics, die er meinem Bruder abgekauft hatte. Ich wusste nicht, ob ich lachen oder heulen sollte.

»Und?« Hille stieß mich an. »Willst du noch bleiben oder gehen wir?«

»Lass uns gehen«, sagte ich. »So gut sind wir mit Jenny auch nicht befreundet, dass wir den ganzen Abend hier herumhängen müssen.«

»Ich lad dich zu einer Pizza ein«, meinte Hille, als wir auf dem Nachhauseweg waren.

»Pizza? Ich kann keine Pizza mehr sehen.«

»Richtige Pizza. Eine Margarita oder mit Salami oder so was. Nach dem süßen Zeug von vorhin brauche ich was Richtiges.«

Eigentlich hatte sie ja Recht. Ein Glas Essiggurken hätte auch gereicht, aber wenn Hille unbedingt wollte ...

An einem Stehimbiss in der Königstraße bestellten wir uns zwei Pizzaschnitten.

»Weißt du, was?«, sagte meine Freundin, während sie genüsslich in ihre Pizza biss. »Ich mach das ganze Theater einfach nicht mehr mit. Ich brauch auch nicht unbedingt einen Ferienjob. Neue Sachen zum Anziehen wollte ich mir nur kaufen, weil ich gehofft habe, im neuen Schuljahr superschlank zu sein. Aber das scheint bei mir ja nicht zu funktionieren. Guck mal, ist das nicht Carlo da drüben?« Sie deutete mit dem Finger auf die gegenüberliegende Straßenseite. »Trägt der Zeitungen aus?«

Ich nickte. »Er jobbt. Außerdem hat er zu Hause ziemlichen Ärger. Seine Eltern lassen sich scheiden. Na ja, das Übliche eben. Stress mit dem kleinen Bruder und so.«

»Wie findest du ihn?«

»Wen? Den kleinen Bruder? Carlo?«

»Carlo natürlich!«

Ich überlegte kurz. Wie fand ich Carlo eigentlich?

»Nett«, sagte ich nach kurzem Zögern. »Er ist eigentlich sogar unheimlich nett. Er hört dir zu, macht sich Gedanken und ... also er ist einfach nett. Soll ich dir noch 'ne Cola holen?«

Hille schien zu überlegen, ob sie Carlo winken sollte, unterließ es dann aber doch. »Kannst du dich nicht in ihn verlieben?«, fragte sie. »Er ist viel normaler als Alex.«

»Mich in Carlo verlieben?« Ich lachte laut. »Carlo ist ein guter Freund, man kann ihm fast alles erzählen, er sieht lieb aus, aber ich kann mich doch nicht in ihn verlieben. Ich bin einfach in Alex verknallt, verstehst du?«

Hille nickte, aber ich glaubte nicht, dass sie es verstand. »Und wie geht es jetzt weiter?«

»Ich hab natürlich auf heute Abend gehofft«, sagte ich zögernd. »Aber das Schulfest kommt ja auch noch.« Ich wollte Hilles gute Laune nicht verderben.

Sie lächelte mich an. »Du schaffst es, ganz bestimmt. Eileen und Jenny haben keine Chance gegen dich, glaub mir.«

»Mensch, Julia, ich bin so froh, dass wir es geschafft haben«, begrüßte Hille mich am nächsten Morgen.

Fast eineinhalb Stunden hatten wir gebraucht, um ihr Kleid weiter zu machen. Dann konnte sie es endlich anziehen, ohne die Luft anhalten zu müssen.

»Super«, sagte ich und war ehrlich hingerissen. »Hille, das steht dir wahnsinnig gut.«

In der Schule herrschte der übliche Stress vor Schulfesten. Unsere Klasse hatte die Aufgabe, Plakate, die zum Tag der offenen Tür und zum Schulfest einluden, in der ganzen Stadt zu verteilen.

»Und das bei der Hitze«, stöhnte Eileen. »Müssen das alle machen?«

»Alle«, sagte Napoleon. »Oder wir machen Französische Revolution.«

Eigentlich hatte er in dieser Stunde einen Test schreiben wollen. Er ließ aber kein Wort mehr davon verlauten. Vielleicht war er auch froh, dass er keine Arbeiten von uns zu korrigieren brauchte.

»Ihr geht in Vierergruppen. Nehmt euch Plakate und Klebeband mit und fragt vorher höflich, ob ihr eins anbringen dürft«, schärfte er uns ein.

Hille sah mich vielsagend an. Dann bewegte sie ihren Kopf fast unmerklich in Richtung Alex.

Ich hatte verstanden. Bloß, wie würde ich es schaffen, in die gleiche Gruppe wie er zu kommen? Ich hatte keinen Schimmer. Außerdem hatten sich Eileen, Jenny und Rita sofort zu ihm umgedreht und ihm zugerufen, dass er mit ihnen gehen könne. Er hatte nur genickt.

Gleich vor Beginn der ersten Stunde war ich mit Hille zusammen auf ihn zugesteuert und hatte ihm gesagt, dass mein Bruder ihn total ausgenommen hätte. Er hatte nur gelacht und gemeint, die Comics seien so gut erhalten, dass sie ihr Geld auf alle Fälle wert seien und ich solle mir bloß keine Gedanken darüber machen.

Ich hatte ihm gerade vorschlagen wollen – so locker war ich inzwischen – ihn dafür zum Eis einzuladen, da fiel ihm ein, dass er vergessen hatte sein Fahrrad abzuschließen. Mit einem »Oh Gott, hoffentlich hat es niemand geklaut« hatte er mich und Hille stehen lassen.

Es schien wieder alles schief zu gehen. Hille, ich und Carlo bildeten eine Dreiergruppe – ohne Anne, sie war abgesprungen, weil sie sich krank fühlte.

»Jetzt kommt der große Moment«, rief Napoleon und baute sich am Pult auf. »Ich hab euch die Straßen aufgeschrieben, wo plakatiert wird. Leider habe ich nicht damit gerechnet, dass es heute so heiß wird. Eine Gruppe hat aber Glück: Sie bekommt die Schwimmbadgegend mit vielen Bäumen, einem Park und einem Bachlauf. Die anderen müssen sich eben was auf den Kopf setzen, damit sie keinen Sonnenstich kriegen.«

»Schwimmbad, Schwimmbad«, brüllten erst einige, dann fast die ganze Klasse.

Napoleon schüttelte den Kopf. »Die Dreiergruppe kriegt den Schwimmbadbezirk. Das ist sonst unfair, das seht ihr doch ein.«

Hille und ich strahlten uns an, als wir vorne am Pult die Plakate in Empfang nahmen. Dass Alex nicht dabei war, störte nur unwesentlich.

»Habt ihr's gut«, sagte Eileen. Ihre Stimme klang ziemlich neidisch. »Und wir müssen bei der grauenhaften Hitze durchs Industriegebiet schlappen. Mir ist jetzt schon schlecht.«

»Ihr seid auch zu viert«, verteidigte sich Hille.

»Wollt ihr tauschen?«, fragte ich. Die Idee war mir ganz spontan gekommen, vielleicht würde ich so mit Alex in eine Gruppe kommen.

Hille starrte mich entsetzt an. »Tauschen?«, fragte sie überrascht. »Spinnst du? Warum sollen wir tauschen?«

»Na ja«, sagte ich, »wenn jemand von der anderen Gruppe zu uns kommt, sind wir schneller fertig, auch wenn wir in der Sonne laufen müssen.« Das Argument war zwar ziemlich schwach, aber das war mir in dem Moment egal. Hauptsache, Hille hatte kapiert.

»Stimmt«, sagte sie mit entschlossener Stimme, »Julia hat Recht. Also, ihr könnt unsere schattige Tour kriegen, aber nur zu dritt!«

Eileen, Jenny und Rita blickten sich unentschlossen an.

»In Ordnung«, meinte Alex, »mir macht die Sonne nichts aus. Wir haben in Louisiana gelebt; ich bin Hitze gewohnt. Und was meinst du, Carlo?«

Ich sah Carlo an. Zum ersten Mal seit langer Zeit sah ich ihn genauer an. Er hat ja auch blaue Augen, stellte ich erstaunt fest. Ich hatte mich stundenlang mit ihm unterhalten und nicht gemerkt, dass er blaue Augen hat. Ich lächelte ihn bittend an und er nickte.

»Und? Bist du zufrieden?«, fragte Hille auf dem Weg nach draußen leise.

»Ich werd dir das nie vergessen«, sagte ich. »Kannst du dich vielleicht ein bisschen mit Carlo unterhalten? Er ist unheimlich nett, man kann ganz toll mit ihm reden. Und hast du mal gesehen, was er für schöne Augen hat?«

Hille lachte. »Bist du in Alex verliebt oder in Carlo? In Ordnung, ich kann mich ja um ihn kümmern.«

Die arme Hille! Es hatte mindestens dreiunddreißig Grad im Schatten und sie trug einen langen Rock, während ich nur Shorts und ein kurzes Oberteil anhatte. Für sie musste es ein riesiges Opfer sein, auf die angenehme Plakatier-Tour am Schwimmbad zu verzichten.

Eine Weile lang gingen wir zu viert nebeneinander und lästerten über die Plakate, die unsere Kunstlehrerin mit der fünften Klasse entworfen hatte.

»Autsch«, rief Hille irgendwann und hielt sich mit schmerzverzerrtem Gesicht an Carlo fest. »Irgendwie bin ich umgeknickt«, erklärte sie. »Zuerst das Pech mit dem Daumen und jetzt auch noch der Fuß! Aber es ist nicht so schlimm. Ich ruh mich bloß einen Moment aus. Ihr könnt ja schon weitergehen.«

»… und ein bisschen arbeiten«, fügte sie hinzu, als Alex den Kopf schüttelte und meinte, selbstverständlich würden wir warten, bis es ihr wieder besser ging.

»Carlo bleibt solange da, falls ich einen Notarzt brauche«, sagte sie mit todernster Miene. »Und Julia und Alex müssen plakatieren gehen.«

Ich nahm ihr den Packen giftgrüner Plakate aus der Hand. »Danke«, flüsterte ich.

»Kein Problem«, flüsterte sie zurück. »Wir sehen uns heute Nachmittag.«

Neben Alex marschierte ich durch das Industriegebiet. In den letzten Jahren hatten sich dort viele Kleinbetriebe angesiedelt, die häufig nur aus zwei oder drei Containern bestanden.

»Trostlos«, hatte Mama das Industriegebiet einer Freundin gegenüber beschrieben, »absolut trostlos.«

Aber neben Alex hätte ich mich überall wie im siebten Himmel gefühlt. Es tat mir erstens natürlich wahnsinnig gut, dass er nicht mit Eileen oder Jenny unterwegs war, und zweitens war es einfach ein tolles Gefühl, ganz nah neben ihm zu sein.

Ich fragte ihn, warum er so gerne Comics las, und er erzählte. Was er erzählte, das war mir nicht wichtig. Wichtig war allein, den Klang seiner Stimme zu hören.

»Oje«, sagte er nach einer Weile ziemlich laut. »Ich hab dir jetzt mindestens vier Comics erzählt. Hast du was gemerkt?«

Ich zuckte zusammen. »Nee, sollte ich was merken?«

»Die blöden Plakate! Wir sollten doch plakatieren und nicht nur spazieren gehen.« Er überlegte kurz. »Was meinst du? Sollen wir sie einfach in den nächsten Papierkorb werfen? Ich denke, hier aus dem Industriegebiet kommt doch garantiert niemand zum Tag der offenen Tür und zum Schulfest auch nicht.«

Er lächelte mich so lieb an, dass ich nicht anders konnte. »Ja«, sagte ich.

Alex rollte die Plakate sorgfältig zusammen und deutete auf den grünen Papierkorb an der Bushaltestelle schräg gegenüber. »Das merkt keiner, glaub mir!«

Pfeifend ging er hinüber, stopfte den Packen in den Papierkorb und rannte zu mir zurück. »Jetzt gehen wir Eis essen, was hältst du davon?«

Ich hätte schreien können vor Glück. Alex und ich gingen Eis essen! Hundertprozentig würde ich beim Schulfest mit ihm auftauchen. Eileen und Jenny und überhaupt alle würden Augen machen. Alex hatte mir bestimmt keine von ihnen zugetraut!

Er nahm mich am Arm. »Ich glaube, die zwei da vorne müssen wir auch mitnehmen.« Er deutete auf Hille und Carlo, die auf einem Mäuerchen immer noch an derselben Straßenecke saßen und uns zuwinkten.

Ich nickte großzügig. Bald würde ich Alex ganz für mich haben, da konnten Hille und Carlo ruhig mit ins Eiscafé gehen.

Hille blieb standhaft. »Ich mag kein Eis«, behauptete sie und trank nur Mineralwasser. »Wart ihr erfolgreich?«

Alex lachte. »Na logisch, wir haben das grandios gemeistert. Das ganze Industriegebiet ist zuplakatiert. Die Leute werden unsere Schule stürmen, das könnt ihr euch gar nicht vorstellen.«

Ich hatte ein ziemlich schlechtes Gewissen, wenn ich an die Plakate im Papierkorb dachte, aber vielleicht hatte Alex ja Recht und wir hätten uns die Mühe ohnehin ganz umsonst gemacht.

Wir saßen im Freien und ich hatte meine Sonnenbrille aufgesetzt. Einerseits, weil die Sonne wirklich blendete, aber der zweite Grund war viel wichtiger: So würde es mir viel leichter fallen, mit Alex zu flirten.

Ganz locker fragte ich ihn, ob er sich denn in unserer Klasse wohl fühle.

Alex lachte.

Dann holte er seine Sonnenbrille – verspiegelt! – aus seinem Rucksack. Er grinste und meinte, er habe in letzter Zeit so empfindliche Augen. Dann setzte er sie auf und erklärte, natürlich würde er sich in der Klasse wohl fühlen.

Er beugte sich zu mir herüber. »Das liegt vor allem an den tollen Girls hier«, sagte er halblaut.

Ich merkte, wie ich rot wurde. Hatte er mich damit gemeint?

Ich suchte krampfhaft nach irgendeiner guten Antwort, aber mir fiel einfach nichts ein.

Hille lachte halblaut und Carlo lächelte, aber ich merkte deutlich, dass die beiden sich ziemlich überflüssig vorkamen. Carlo schien jedenfalls sehr froh zu sein, als Alex sich ganz plötzlich verabschiedete und verschwand.

Kaum war er weg, da sprang Hille auf. »Mist!« An ihren angeblich verstauchten Fuß dachte sie nicht mehr. »Alex hat versehentlich meinen Hausschlüssel mitgenommen, so ein Blödmann«, schimpfte sie. »Ich renne ihm schnell hinterher. Zahlst du für mich, Julia?«

Carlo und ich saßen uns gegenüber. Er hatte keine Sonnenbrille auf und deshalb nahm ich meine auch ab.

»Was ist los?«, fragte ich. »Du guckst so komisch, so ... traurig.«

»Traurig?« Carlo zuckte die Schultern. »Tut mir Leid, ich will dir nicht die Stimmung verderben. Manchmal läuft es eben nicht so, wie man es sich vorstellt.« Er sah mich direkt an und irgendwie wurde mir ganz komisch.

Er lächelte, aber es war ein trauriges Lächeln. Wahrscheinlich gab es wieder Ärger mit seinen Eltern.

»Carlo, komm, es wird schon wieder besser«, sagte ich und überlegte, ob ich ihm von mir und Alex erzählen sollte.

Die Sache mit den Plakaten fiel mir wieder ein. Ich hatte ein furchtbar schlechtes Gewissen. Ich musste es einfach jemandem beichten!

»Ich muss dir was erzählen«, sagte ich langsam. Er sah mich erwartungsvoll an.

»Alex hat geschwindelt. Es ist gar nicht wahr, dass wir plakatiert haben. Wir haben die Plakate einfach in einen Papierkorb gestopft«, gestand ich. »Findest du das schlimm?«

Eine Weile lang sagte er gar nichts.

Am Nebentisch hörte ich ein junges Paar streiten, irgendwo klingelte ein Handy, ein paar Schulkinder rannten kreischend den Bürgersteig entlang.

»Sag doch was, Carlo, bitte.«

Er zuckte die Schultern. »Weiß nicht. Also, gut finde ich es nicht, weil ... na ja, die anderen arbeiten und wir machen gar nichts. War das die Idee von Alex?«

Ich sagte nichts.

Er lachte kurz. »Du brauchst es mir nicht zu sagen. Alex ist nett, ich mag ihn gern, aber manche Dinge sieht er einfach unheimlich locker. Als ich ihm erzählt habe, dass meine Mutter von zu Hause ausgezogen ist, meinte er bloß, dann hätten wir ja jetzt mehr Platz in der Wohnung.«

»Alex ist eben ... anders!« Ein besseres Wort fiel mir nicht ein.

Carlo nickte. Er schob die Blumenvase von der Mitte des Tisches zur Seite und wieder zurück.

»Warum bist du so nervös?«, fragte ich.

»Ich finde die Sache mit den Plakaten nicht gut«, sagte er. »Die anderen verlassen sich darauf, dass wir auch was tun, und stattdessen sitzen wir im Eiscafé und ...«

»In Ordnung!« Ich nickte. »Ich hab Ja gesagt, als Alex mich gefragt hat, ob wir die Plakate in den Müll werfen sollen. Aber du hast Recht. Es ist irgendwie nicht o. k. Also werde ich jetzt losrennen und die Plakate wieder rausholen und plakatieren gehen.«

»Ich geh mit«, sagte Carlo nur. »Wir machen es zusammen.«

»Finde ich aber unheimlich nett von Carlo, dass er dir geholfen hat«, meinte Hille, als ich sie abends anrief und ihr alles erzählte. »Alex ist einfach ein ziemlicher Chaot. Er meint es nicht böse, aber manchmal finde ich ihn schon nervig. Aber dafür sieht er sehr gut aus.«

Ach, dachte ich, Hille hat es jetzt also auch erwischt. Aber *sie* würde keine Konkurrenz für mich bedeuten. Erstens weil wir Freundinnen sind, zweitens war ich zuerst in ihn verliebt und drittens ...

»Warum sagst du nichts?«, wollte sie wissen. »Ich hab dich gefragt, wie es bei euch weitergeht.«

»Am Tag der offenen Tür verkaufe ich von 10 bis 12 Uhr mit Alex zusammen Kuchen«, sagte ich. »Nach dem Plakatieren bin ich noch mal in die Schule gegangen, weil ich von Carlo erfahren habe, dass schon Listen aushängen. Das war der Supertipp. Ich hab dich auch eingetragen. Du darfst belegte Brötchen verkaufen von 11 bis 13 Uhr.«

»Spinnst du?« Hille war stocksauer. »Ich hasse belegte Brötchen. Heute hab ich einen Brief von der Metzgerei bekommen. Sie bieten mir an, ein Praktikum bei ihnen zu machen. An drei Nachmittagen in den Ferien soll ich kommen und Brötchen belegen.«

»Ist doch besser als gar kein Job«, sagte ich.

Hille sollte sich bloß nicht so anstellen. Anstatt froh darüber zu sein, dass die Technik des Umwegs ihr endlich zu einer Ferienarbeit verholfen hatte, nörgelte sie bloß rum.

»Du scheinst mich nicht richtig verstanden zu haben.« Ihre Stimme klang, als wäre sie drauf und dran, gleich irgendetwas gegen die Wand zu schleudern. »Ich les dir mal vor, was diese Idioten schreiben. Warte mal einen Moment.«

Sie legte den Hörer beiseite und ich hörte Papier rascheln. »Ist doch egal«, rief ich, »sag doch einfach, was drinsteht.« Aber sie hörte mich nicht.

Ich klemmte das Telefon zwischen Schulter und Ohr und öffnete in der Zwischenzeit meinen Kleiderschrank. Was könnte ich zum Schulfest anziehen? Sollte ich vielleicht in die Stadt gehen und mir noch irgendwas kaufen? Irgendwas in Weiß zum Beispiel. Das würde gut zu meinen blonden Haaren passen. Und vor allem zu Alex' Augen!

»Also, ich les es dir vor.« Hilles Stimme zitterte vor Wut. »Zuerst kommt mal ein ewig langes Blablabla, wie das bei diesen Briefen üblich ist, und jetzt kommt es: *Sicherlich haben Sie Verständnis dafür, dass wir Ihnen für diese Praktikumsstunden kein Entgelt zahlen können. Aber gerne dürfen Sie eines unserer köstlichen, reichhaltig belegten Brötchen mit nach Hause nehmen. Bitte setzen Sie sich mit uns in Verbindung.* Blablabla. Meine Mutter sagt auch, das ist ein starkes Stück.«

Ich sah ein, dass es unter diesen Umständen Hille nicht zuzumuten war, in der Schule Brötchen zu verkaufen. Ich schlug ihr vor, einfach mit Alex und mir zusammen den Kuchenverkauf zu machen.

»Die Schulzeitung!« Siedend heiß war es mir plötzlich eingefallen. »Hakan und Diana haben sich eingetragen, alles zu kopieren und anschließend zu heften. Wir zwei sollten doch die Artikel aussuchen!«

Verflixt, das würde Ärger geben. Einige aus der Klasse hatten erfolgreich Anzeigenkunden geworben, bloß Hille und ich waren mal wieder nicht in der Lage ...

Sie beruhigte mich. »Alles in Ordnung. Ich hab das schon längst geregelt. Die Materialien hab ich Markus in die Hand gedrückt, weil der doch immer so ordentlich ist. Er hat das Zeug inzwischen Alex gegeben.«

»Alex!«, sagte ich. »Und du meinst, der macht das schon?«

Den Tag der offenen Tür veranstaltet unsere Schule einmal im Jahr. Und es ist immer das Gleiche. Erst singt der Chor irgendwelche Lieder zur Begrüßung, dann hält der Direktor eine kleine Ansprache, dann werden die Besucher durch die Räume geschickt.

Überall stehen an diesem Tag unheimlich freundliche Lehrer herum, die jedem, den sie in die Finger kriegen, alles erklären wollen. Sogar Strobel, unser Chemielehrer, der normalerweise nur braune Kordhosen trägt, hat an diesem Tag einen Anzug und ein weißes Hemd an und guckt so pädagogisch wertvoll wie sonst im ganzen Schuljahr nicht.

Die Klassenzimmer waren geputzt und die Aula frisch gestrichen. Damit niemand sah, wie beschmiert manche Bänke waren, hatten wir sie zusammengeschoben und Tischtücher darüber gedeckt.

Hille und ich bauten das Kuchenbuffet auf, ohne Alex. »Ich muss noch kurz was erledigen«, hatte er gemurmelt und sich schnell verabschiedet.

Gegen halb elf ging der Ansturm los. Die Schlange vor unserer Kuchentheke wurde immer länger.

Wo blieb bloß Alex? Hatte er sich vielleicht einfach abgesetzt? Ich wollte schon sauer werden, da entdeckte ich ihn. Er hatte zwei riesige Feldblumensträuße im Arm und suchte verzweifelt nach einer Vase.

»Sieht doch viel netter aus«, meinte er, als er die Blumen endlich neben die Kasse stellte. »Kann ich euch was helfen?«

Man konnte Alex einfach nicht böse sein. Hille schimpfte zwar ein bisschen mit ihm rum, aber richtig sauer war sie auch nicht.

Wir teilten uns gerade ein Stück Schokoladenkuchen, da zuckte ein greller Blitz auf.

Hille ließ den Rest ihres Kuchens fallen. »Bin ich erschrocken«, mümmelte sie mit vollem Mund. Sie wischte sich mit der Hand über die Lippen. »Was möchten Sie gerne?«, fragte Hille eine junge Frau in grauem Hosenanzug, die einen Fotoapparat in der Hand hielt.

»Tja«, sagte die Frau, »mehr Fotos.« Sie lachte. »Ich bin Sabine Deries von der Agentur *Picture-Press*. Eigentlich bin ich nur gekommen, weil mein Sohn in der siebten Klasse ist und unbedingt wollte, dass ich ein paar Aufnahmen mache.«

Ich verdrehte die Augen. Typ redselige Mami, das kannten wir. Wahrscheinlich würden wir als Nächstes erfahren, dass ihr Sohn in Deutsch und Mathematik ganz außerordentlich gut ist und ...

»Kurz und gut«, sagte die Frau, »für eine Fotoserie in einer Zeitschrift suche ich ein Model.« Sie zögerte kurz. »Das Thema heißt: ›Mir können die Bohnenstangen gestohlen bleiben.‹ Der Mädchentyp soll fröhlich und ziemlich rundlich sein. Meinst du, das wäre was für dich? Wird auch ganz gut bezahlt«, fügte sie hinzu, als sie Hilles entgeistertes Gesicht sah.

»Sie meinen mich?«, fragte Hille. »Wahnsinn! Klar. Mach ich sofort. Das ist genau das, was ich eigentlich gesucht habe.«

Hille schwebte im siebten Himmel. Nachdem sie mit Frau Deries alles geklärt hatte, verschlang sie das nächste Stück Kuchen. »Ich esse jetzt sozusagen aus beruflichen Gründen.« Sie kicherte. »Mann, was meinst du, wie meine Mutter ausflippt, wenn ich in die Zeitung komme?«

»Ich glaube«, sagte Hille, als sie abends vor dem Schulfest bei mir vorbeikam, »man muss einfach abwarten, bis man Glück hat. Die vielen Bewerbungsgespräche, den ganzen Frust, alles hätte ich mir sparen können. Das Schicksal hat für mich eben eine Karriere als Fotomodell vorgesehen.«

Sie trug ihr neues Kleid und war wahnsinnig stolz und glücklich. Geschminkt hatte sie sich kaum, denn Frau Deries hatte ihr gesagt, sie suche ein ganz natürliches Mädchen.

»Und ich soll um Himmels willen nicht abnehmen. Das hat sie mindestens dreimal gesagt«, fügte Hille zufrieden hinzu. »Meine Mutter hat vielleicht gestaunt. Morgen Mittag will sie endlich mal wieder richtig kochen. Spinatauflauf vielleicht. Hast du Lust zu kommen?«

Ich schüttelte den Kopf. »Ich steh nicht so wahnsinnig auf Spinatauflauf, das weißt du doch.«

Ich gönnte Hille den Erfolg, ehrlich. Vielleicht war es wirklich das Beste, einfach abzuwarten. Bei ihr hatte es zu einem Job als Model geführt, wenn auch nur für die Nordbayerische Landwirtschaftszeitung. Aber immerhin! Frau Deries hatte gemeint, bestimmt ziehe die Serie weitere Aufträge nach sich und meine Freundin sah sich schon halb in New York.

»Ich lass die Sache mit Alex jetzt einfach auf mich zukommen«, sagte ich. Aber ich ergreife absolut jede Gelegenheit, die sich mir bietet, fügte ich in Gedanken hinzu.

Etwas anderes blieb mir auch nicht übrig. Nachdem er die beiden Blumensträuße auf den Tisch gestellt hatte, war Alex einfach verschwunden und ich hatte keine Gelegenheit mehr gehabt mich mit ihm für den Abend zu verabreden. Komischerweise wäre mir das plötzlich gar nicht mehr so schwer gefallen.

Hille hatte nur deshalb nicht über Alex' Abwesenheit gemotzt, weil sie als Model entdeckt worden war und sowieso nichts mehr um sich herum richtig wahrgenommen hatte.

Dafür hatte sie versprochen mir beim Schminken zu helfen und mir ihren indianischen Silberschmuck mitgebracht.

»Die Kette steht dir wahnsinnig gut«, sagte sie und schob mich vor den Spiegel. »Ich hab auch noch drei verschiedene Lippenstifte mitgebracht. Wir probieren einfach mal aus, was am besten aussieht.«

Hille kicherte, als sie mir die Lippen ausmalte. »Das ist fast wie Brötchenbelegen. Na ja«, fügte sie hinzu, als sie mein entsetztes Gesicht sah, »die Ware geht einfach besser weg, wenn sie nett aussieht. Hat mir die Frau in der Metzgerei gesagt. Und damit hat sie auch Recht.«

Ich wollte nicht mit meiner Freundin streiten. Ich wollte schön sein und Alex gefallen und die ganze Klasse sollte sehen, dass er und ich ...

»Aua«, brüllte Hille. »Mist, jetzt kann ich alles noch mal neu machen.«

Timmi hatte sich fast geräuschlos in mein Zimmer geschlichen und sie gezwickt. Mit Indianergeheul tanzte er um uns herum.

»Verschwinde endlich!«, herrschte ich ihn an.

»Timmi, komm runter«, rief Mama von unten, »lass die Mädchen in Ruhe!«

»Ich hab Julia noch gar nicht gesagt, dass ein

Mann angerufen hat«, sagte er, als ich ihn aus der Tür schob. »Aber jetzt hab ich es gesagt. Krieg ich dafür eine Belohnung? Einen Euro?«

Einen Moment lang setzte mein Herz fast aus. Alex! Bestimmt hatte Alex angerufen! Ich blickte zu meiner Mutter hinunter, die erwartungsvoll hochstarrte. Wahrscheinlich überlegte sie dasselbe wie ich.

»Ach ja?«, sagte ich und bemühte mich meine Stimme äußerst uninteressiert klingen zu lassen. »Wer hat denn angerufen?«

Timmi schien die Spannung zu spüren. »Was kriege ich, wenn ich's dir sage?«, wollte er wissen.

»Eine Ohrfeige!« Hille verdrehte die Augen. Komm, lass uns weitermachen, signalisierte sie mir.

Mama war genauso gespannt wie ich. Sie war inzwischen hochgekommen und neben Timmi in die Hocke gegangen. »Das ist nicht fair von dir«, sagte sie betont langsam. »Du musst deiner Schwester jetzt schon sagen, wer angerufen hat.« Und mir auch, schien sie im Geiste hinzuzufügen.

Timmi war inzwischen total verunsichert. Wahrscheinlich machte ihm Mamas strenge Stimme Angst, denn plötzlich heulte er und meinte, er könne sich überhaupt nicht mehr erinnern. Vielleicht habe er das alles auch nur im Fernsehen gesehen und er wolle jetzt endlich ins Bett, er sei nämlich todmüde.

»Der Anrufer hat doch einen Namen gesagt«, versuchte ich es noch einmal, aber es war zwecklos. »Was wollte er denn? Kannst du dich wenigstens daran erinnern? Timmi, du kommst nächstes Jahr in die Schule, du bist doch ein großer Junge, da weiß man so was.«

Er kuschelte sich in Mamas Arm und nickte. »Schule«, sagte er leise.

»Hat er vielleicht was vom Schulfest gesagt?«, half ihm Hille weiter.

Timmi nickte wieder.

Die nächste Frage lag in der Luft: Hat er sich vielleicht mit »Alex« gemeldet? Aber niemand stellte sie.

Stattdessen tat ich so, als sei die ganze Angelegenheit für mich völlig uninteressant.

Mama brachte Timmi ins Bett und schärfte mir nochmals ein, dass ich spätestens um halb elf zu Hause sein müsste.

»Und? Was meinst du?«, fragte ich Hille, die inzwischen zwei Lippenstiftfarben miteinander vermischte.

»Garantiert Alex, ich spür das irgendwie«, behauptete sie und betrachtete ihr Werk kritisch. Dann kicherte sie los. »Der Lippenstift ist aber nicht kussecht, ist dir das klar? Also nicht dass ich mir die Mühe mache und dann ...«

Ich fiel ihr um den Hals. »Nett, dass du mich aufklärst. Ich werde jede Minute daran denken. Ich hoffe bloß, dass ich auch Grund dazu haben werde.«

Weil Hille und ich

ziemlich früh dran waren, standen wir ein paar Minuten lang unschlüssig vor der Schule herum und überlegten, ob wir schon reingehen sollten.

»Die wirklich wichtigen Leute kommen immer erst später am Abend. So gegen elf oder zwölf. Habe ich neulich in der Zeitung gelesen«, behauptete Hille.

Damit hatte sie wahrscheinlich Recht, aber ich hatte keine Lust lange auf dem Parkplatz herumzustehen, während sich Alex vielleicht mit Eileen oder Jenny unterhielt.

»Es gibt nur ein Problem«, hielt ich ihr entgegen, »ich muss um halb elf wieder zu Hause sein. Außerdem gibt es später nichts mehr zu essen. Hast du das kalte Buffet gesehen, das nachmittags aufgebaut wurde?«

Das überzeugte Hille. »Also gehen wir«, sagte sie.

Im Innenhof hielt die stellvertretende Direktorin gerade eine Rede, während unsere Schulband vor der Sporthalle ihre Instrumente aufbaute. Ein paar Fünftklässler, die zum ersten Mal dabei waren, applaudierten, als die Schulleiterin das Schulfest für eröffnet erklärte.

Hille und ich schlenderten zur Sporthalle. Die Musik, die unsere Schulband *DJ Griffin and Master of Desaster* machte, war spitze. An diesem Abend würde ich mit Alex tanzen und ihn vielleicht auch küssen. Na ja, mit dem Küssen konnte ich noch ein bisschen warten, aber Tanzen und Händchenhalten, das musste einfach klappen.

Unauffällig sah ich mich um. Von Alex keine Spur. Stattdessen entdeckten wir Eileen und Jenny.

Hille prustete los. »Guck mal, Eileen hat Locken! Die sieht aus wie ein Rauschgoldengel. Und das Kleid erst! Giftgrün!«

Die Schulband spielte die Sommerhits der letzten Jahre und die Tanzfläche füllte sich immer mehr. Die ganze Schule schien da zu sein. Hille hatte sogar ein paar Lehrer, unter ihnen Napoleon, gesichtet, nur von Alex war weit und breit nichts zu sehen.

»Vielleicht kommt er später«, meinte meine Freundin. »Komm, wir gehen tanzen.«

Ich schüttelte den Kopf. Tanzen, das hatte ich mir vorgenommen, würde ich nur mit *ihm*. Ohne mich traute Hille sich natürlich auch nicht.

Stattdessen klebte sie wie eine Klette an mir, als ich mir die verschiedenen Stände, die die anderen Klassen aufgebaut hatten, anschaute. Wir machten bei einem Geschicklichkeitsspiel mit und kauften drei Lose. Hille gewann eine Vesperdose und ich eine *Kleine Anleitung für Blockflötenspieler.*

Gerade als wir uns was zu essen kaufen wollten, verkündete der Schulsprecher über Lautsprecher, dass es an diesem Abend eine Überraschung gebe, eine Sensation sogar.

»Blabla«, sagte ich zu Hille, »der Typ ist so hohl! Wahrscheinlich wird er es als Sensation bezeichnen, dass es Nudelsalat zu kaufen gibt.«

Aber ich hatte mich getäuscht. Dieses Mal hatte er nicht übertrieben.

»Überall gibt es Miss-Wahlen«, sagte er, »aber da machen wir nicht mit. Die Mädchen an unserer Schule haben das nicht nötig.«

Begeistertes Gejohle unterbrach ihn. Er winkte lässig ab.

»Bei uns gibt es eine Mister-Wahl.« Er hob die Stimme. »Hiermit eröffne ich die erste Schoolboy-Wahl an der Georg-Elser-Schule.«

Gelächter und tosender Applaus begleiteten ihn, als er von der Bühne herunterkam.

Eine Minute später stand er wieder oben. Jetzt wirkte er leicht verlegen. »Also, was ich noch vergessen habe! Wie geht das Ganze?« Er zog einen Zettel aus seiner Hosentasche und las vor. »Es ist ganz einfach: Wir von der Schülermitverantwortung haben Kandidaten aus fast allen Klassen, die uns durch ihre fast überirdische Schönheit –«

Hier unterbrach ihn wieder lautes Gejohle.

»– die uns durch ihre fast überirdische Schönheit beeindruckt haben, nominiert. Ihr kennt sie alle. Ihre Starfotos könnt ihr auf der Bilderwand, die Felicia gleich enthüllen wird, sehen. Wir haben Stimmzettel vorbereitet. Damit alles ganz demokratisch zugeht und niemand zwei Stimmen abgibt, kriegt jeder von euch einen Stempel auf die Hand, wenn er gewählt hat.«

Felicia aus der zwölften Klasse war inzwischen auf die Bühne gekommen. »Jedes Bild hat eine Nummer und ihr schreibt einfach die entsprechende Nummer auf den Stimmzettel. Wir haben zwar keine Wahlpflicht, aber wir hoffen natürlich, dass ihr alle wie gute Staatsbürger wählen geht. Wir haben extra für euch das Wahlalter gesenkt. Ihr dürft alle wählen!«

Alle brüllten vor Begeisterung durcheinander und strömten zu der riesigen Pinnwand, die inzwischen vor der Bühne aufgebaut worden war. Noch war sie mit weißen Tüchern verhängt.

»Lasst euch Zeit! Wählt den Schönsten, den Charaktervollsten, einfach ›the best‹!«, brüllte der Bandleader von *DJ Griffin and Master of Desaster* ins Mikrofon.

Ich hatte Hille am Arm gepackt. »Los, komm, das müssen wir sehen«, rief ich. »Wetten, dass Alex dabei ist! Wir müssen unbedingt für ihn stimmen. Du wählst ihn doch auch, oder?«

Hille nickte nur. In dem Trubel konnte man sein eigenes Wort kaum verstehen. Mit viel Ellenbogeneinsatz schafften wir es zu der Stellwand. Immer noch war sie verhängt.

Vier Schüler aus der zwölften standen davor und zogen die Tücher langsam zur Seite, während der Schulsprecher zählte: »Drei – zwei – eins – zero!«

Dann war der Blick frei.

»Das gibt's doch nicht«, rief irgendjemand, der ganz vorne stand. »Das ist ja ein Witz.«

Neben mir lachte unser Sportlehrer schallend. »Wer hat denn *die* Idee gehabt?«

Auf der Pinnwand vor uns waren zehn großformatige Farbfotos angeheftet – von Schülern unserer Schule, wie der Schulsprecher nochmals versicherte. Nur: Es handelte sich um Kinderfotos.

»Guck mal, Nummer drei«, lachte Hille neben mir. »Der hat einen Schnuller im Mund und in jeder Hand auch einen. Ist der nicht süß? Wollen wir den wählen oder lieber den mit dem geringelten Strampelanzug?«

Ich drehte mich zu ihr um und entdeckte Alex nur wenige Meter entfernt. Eileen, Jenny und noch ein paar aus unserer Klasse umlagerten ihn und versuchten wahrscheinlich Informationen aus ihm herauszubekommen. Ich drängelte mich an den Umstehenden vorbei, bis ich direkt neben ihm stand.

»Wenn du gewählt werden willst, musst du uns schon sagen, welche Nummer du hast«, sagte Eileen.

Alex schüttelte den Kopf. »Eigentlich darf ich gar nicht sagen, dass ich dabei bin. Ich musste eine drei Seiten lange Geheimhaltungserklärung unterschreiben«, verkündete er mit todernstem Gesicht. »Wenn ich dagegen verstoße, dann muss ich zur Strafe ... ehm ...«

»... kriegst du zur Strafe drei Geschichtsstunden bei Napoleon«, half ihm Carlo weiter.

Alle lachten.

»Ihr seht also, ich hab keine andere Wahl, ich muss schweigen«, sagte Alex. »Aber ich bin sicher, dass ihr mein schon in frühester Kindheit ausgeprägtes Charaktergesicht sofort erkennt.«

Wir boxten uns wieder durch die Menschentraube vor der Pinnwand hindurch und ich schaute mir alle Fotos ganz genau an.

Ich hatte Alex schon so oft in meinen Träumen ganz dicht vor mir gesehen. Ich kannte seine Augen, seinen Mund. Es musste doch ganz einfach für mich sein, den Richtigen zu wählen. Aber ich war unsicher. Eigentlich sahen sich die zehn Kleinkinder auf den Fotos alle ziemlich ähnlich. Egal, ob dunkelhaarig oder blond, alle hatten den unbeschwerten Gesichtsausdruck von Kindern, die noch nicht ahnen, wie das Leben wirklich ist.

Wilde Vermutungen schwirrten durch die Menge. »Vielleicht sind ja auch Bilder von Lehrern dabei«, sagte jemand direkt neben mir. »Stell dir mal vor, wir wählen den Mathe-Maier zum Schoolboy des Jahres.«

Nach kurzem Überlegen gab ich meinen Stimmzettel ab. Ich hatte eine große rote Sieben darauf geschrieben.

Ich war mir absolut sicher, dass es Alex war. So oft hatte ich im Traum sein Gesicht schon vor mir gesehen. Mir war jede Einzelheit vertraut.

»Na ja«, meinte Hille, »du musst es ja wissen!« Und auch sie schrieb eine Sieben auf ihren Zettel.

Gegen halb zehn hatten alle gewählt und die

Stimmen wurden von den Klassensprechern ausgezählt. In einer halben Stunde, so verkündete der Schulsprecher, stehe der Sieger fest.

In einer halben Stunde, da war es schon kurz nach zehn, und ich sollte bereits um halb elf zu Hause sein. Und ich wollte doch noch unbedingt mit Alex tanzen! Mir blieb nichts anderes übrig: Ich musste zu Hause anrufen und meine Eltern bitten, noch ein bisschen länger dableiben zu dürfen. Ich würde ihnen vorschlagen, mit dem Taxi nach Hause zu fahren und die Fahrt von meinem Taschengeld zu bezahlen. Irgendwie würde ich ihnen klar machen, dass man ein Schulfest nicht schon um Viertel nach zehn verlassen kann. Da wird es doch erst richtig interessant.

Ich suchte Hille, um mir ihr Handy zu leihen, und fand sie in der Schlange vor dem Grillstand. »Mindestens zehn Minuten steh ich hier schon an und es geht und geht nicht weiter«, stöhnte sie. »Soll ich dir auch 'ne Bratwurst mitbringen?«

Ich schüttelte den Kopf. »Ich brauch mal dein Telefon. Ich will zu Hause anrufen und fragen, ob ich länger bleiben darf.«

Meine Freundin kramte in ihrer Tasche. Endlich hatte sie das Handy gefunden. Sie starrte auf das Display und schüttelte bedauernd den Kopf. »Hier im Innenhof ist keine Verbindung. Aber du kannst es ja mal draußen versuchen.«

Ein Mädchen vor ihr in der Schlange mischte sich ein. »Versuch's mit der Telefonzelle vorne am Parkplatz. Von dort hab ich letzte Woche noch telefoniert.«

Vorsichtshalber steckte ich aber Hilles Handy ein, bevor ich zum Parkplatz rannte.

Die Telefonzelle war frei. Ich schien an diesem Abend tatsächlich Glück zu haben. Ich nahm den Hörer ab – und hängte ihn fluchend sofort wieder ein.

Irgendein Depp hatte die Schnur durchgeschnitten und mit rotem Filzstift *schnurloses Telefon* auf den Apparat geschmiert. Ich musste also mit Hilles Handy telefonieren, auch wenn ich dazu meilenweit laufen musste.

Einen Moment lang überlegte ich, ob ich einfach länger bleiben sollte, ohne meine Eltern anzurufen, aber ich wollte nicht, dass sie sich Sorgen machten. Außerdem war es Mama und Papa zuzutrauen, dass sie spätestens um elf hier erscheinen würden, um mich zu holen. Und das vor allen Leuten! Julia wird wie ein Grundschulkind von den Eltern abgeholt – diese Blamage musste ich mir ersparen.

Mir blieb nichts anderes übrig, als draußen herumzurennen und ständig auf das Display zu starren, in der Hoffnung, dass irgendwann eine akzeptable Verbindung angezeigt wurde.

Am Hintereingang, neben dem kleinen schmiedeeisernen Pavillon, den der Förderverein unserer Schule gestiftet hatte, klappte es endlich.

Beim fünften Klingeln nahm Mama ab.

»Julia, ist irgendwas? Soll ich dich abholen?«, rief sie, als sie meine Stimme erkannte. »Bist du noch in der Schule? Sprich doch etwas lauter. Ich versteh dich so schlecht!«

Ich hatte keine Lust durch die Nacht zu brüllen, aber es ging nicht anders. »Bitte, Mama, es ist ganz toll hier und es wird auch noch ganz spannend, weil hier 'ne Wahl stattfindet. Kann ich nicht später heimkommen?«

Mama schien kurz zu überlegen. »Gut, also eine Viertelstunde später kannst du kommen.«

Eine Viertelstunde! Dass ich nicht lache!

»Ich bezahl das Taxi«, rief ich, »halb zwölf, in Ordnung?«

»Julia, du bist noch ein Kind«, sagte Mama.

Ich hätte heulen können. Wann würden meine Eltern endlich begreifen, dass ich fast erwachsen war? Wenn es um Putzdienst im Haushalt ging, behandelten sie mich ja auch nicht als Kind.

Ich zuckte zusammen. Im Pavillon hatte sich etwas bewegt. Eine große dunkle Gestalt saß dort. Plötzlich stand sie auf und kam direkt auf mich zu. Mich packte die Angst. Einen Moment lang war ich wie gelähmt. Erst als er direkt vor mir stand, erkannte ich ihn.

Alex!

Er lächelte mich an und machte mir Zeichen. Ich kapierte gar nichts.

»Was ist los?«, hörte ich Mama durch die Leitung rufen. »Bist du noch dran? Hallo, hallo?«

Endlich hatte ich verstanden.

Alex nahm das Handy aus meiner Hand und grinste mich an. »Ja, guten Abend«, sagte er, »ich bin der Mathematiklehrer von Julia. Vielleicht sollten Sie Ihrer Tochter doch erlauben, noch etwas länger zu bleiben. Es ist für die Klassengemeinschaft sicherlich gut, wenn heute Abend alle dabei sind und sie nicht als Einzige früher gehen muss.«

Er hörte sich Mamas Wortschwall an, während ich fassungslos dabei stand. Alex war einfach wahnsinnig gut! Der geborene Schauspieler!

Er grinste immer noch, als er mir den Hörer wieder zurückgab. »Deine Mutter möchte dich noch mal sprechen«, meinte er.

»Ich wusste gar nicht, dass du einen Mathelehrer hast«, sagte Mama.

»Der ist neu«, erklärte ich ihr. »Wahrscheinlich kriegen wir ihn im nächsten Schuljahr. Er ist unheimlich nett.«

»Er hat eine ziemlich junge Stimme«, sagte meine Mutter. »Aber was er gesagt hat, ist schon richtig. Also bleib noch bis halb zwölf, aber dann ist endgültig Schluss, verstanden! Dann gibt es keine Verlängerung mehr. Und du nimmst ein Taxi, hörst du. Wir bezahlen dir das.«

Ich versprach, hundertprozentig ein Taxi zu nehmen, und legte auf.

Alex stand vor mir und guckte nur. Keiner von uns beiden sagte ein Wort.

Eigentlich hätte es eine laue Vollmondnacht sein müssen, mit samtig schwarzem Himmel und funkelnden Sternen. Stattdessen hatten wir Halbmond, es war bewölkt und ab und zu fegte ein kühler Windstoß um das Gemäuer. Aber all das störte mich nicht im Geringsten, ich fühlte mich einfach wahnsinnig glücklich.

Alex war neben dem Pavillon in die Hocke gegangen und starrte in die Nacht. Ich setzte mich ganz dicht neben ihn.

Vor Tagen noch wäre es mir schwer gefallen, aber jetzt ging es plötzlich ganz einfach. »Du, Alex, ich finde dich unheimlich nett«, sagte ich und meine Stimme zitterte nicht im Geringsten.

Er wandte flüchtig den Kopf. »Ich dich auch. Du bist wenigstens nicht so nervig wie Jenny oder Eileen. Du bist einfach nett. Das hab ich schon von Anfang an gefunden.«

»Was machst du eigentlich hier?«, fragte ich leise. »Warum bist du nicht drüben beim Fest?«

»Ich musste ein bisschen allein sein, über einiges nachdenken, was mir so durch den Kopf geht. Die andern und der Krach haben mich nur genervt.«

Er zerpflückte sorgfältig ein Gänseblümchen und starrte dann wieder in die Nacht.

Vom Innenhof der Schule konnte man halblaute Musik hören. Ein Tusch ertönte. Wahrscheinlich wurde jetzt bekannt gegeben, wer Schoolboy des Jahres geworden war.

All das interessierte mich nicht mehr, wichtig war nur noch, dass Alex und ich uns gefunden hatten.

Ich lehnte mich an ihn und er legte den Arm um mich. Einen Moment lang wurde mir ganz schwindlig. Wenn Eileen und Jenny und die anderen mich so sehen könnten! Julia, die nie der Star der Klasse war, sitzt in einer Sommernacht mit Alex, dem absoluten King, vor dem Pavillon und er legt den Arm um sie. Ich hatte das dringende Bedürfnis, dieses Gefühl sofort in meinem Tagebuch festzuhalten.

Ich hab mich in dich verliebt, als du damals in der Geschichtsstunde bei Napoleon neben mir sitzen musstest, wollte ich ihm sagen und ihm von meinen Träumen erzählen. Aber irgendwas in seinem Blick machte mich unsicher. Ich war so kurz vor meinem Ziel – und jetzt?

Alex holte ein eng beschriebenes Blatt aus seiner Hosentasche. »Ich möchte dir was vorlesen. Das hab ich gestern gedichtet.

Liebste!
Was auch geschehen mag
ich warte auf dich
jeden Tag
jede Nacht
immer!
Uns wird nichts trennen
auf Erden nicht
nirgendwo.
Uns verbindet
Liebe
tiefer als der Ozean
der uns nicht trennen kann.«

Er grinste verlegen. »Na ja. Es ist so ähnlich wie das Gedicht, das ich für die Schulzeitung geschrieben habe. Aber ich finde es noch besser als das andere. Wie gefällt es dir?«

»Hast du das selber gedichtet?« Ich konnte es nicht fassen. Alex machte ein Wahnsinnsgedicht für mich, mit ganz viel Gefühl und so. Dagegen war Hilles Auftritt in der Landwirtschaftszeitung rein gar nichts.

Ich streckte die Hand nach dem Blatt aus, aber Alex schüttelte den Kopf. »Ich weiß nicht, ob sie überhaupt will, dass ich jemand anderem die Gedichte zeige. Das war jetzt eben nur, weil ...« Er zuckte die Schultern und wirkte wieder ziemlich verlegen. »Du guckst so komisch. Erzähl niemandem von dem Gedicht, versprochen? Auch Hille nicht. Die anderen lachen sich bloß krank, wenn sie hören, dass ich für meine Freundin Gedichte schreibe.«

Ich spürte, wie mir der Boden unter den Füßen weggezogen wurde. Ich fühlte mich wie damals, als ich bei einer Feier ein Päckchen geöffnet hatte, das gar nicht für mich, sondern für ein anderes Kind bestimmt gewesen war. Damals hatten die Erwachsenen alle gelacht, als ich dem anderen Mädchen das Geschenk in die Hand gedrückt hatte und aus dem Zimmer gerannt war, wütend, verletzt, traurig.

Alex hatte das Gedicht nicht für mich geschrieben, so viel stand fest.

»Lindsay kommt nächsten Monat nach Deutschland«, sagte er. »Ich könnte mir vorstellen, dass ihr euch prima verstehen würdet. Sie ist ein tolles Mädchen, so wie du.«

Er kniff mich leicht in den Oberarm. »Wenn ich sie nicht kennen würde, hätte ich mich glatt in *dich* verliebt.«

Wenn, wenn, wenn ...

Ich wartete auf den Schmerz, den ich doch empfinden musste, wenn Alex, in den ich so heftig verliebt war, mir von seiner Freundin erzählte. Aber da war nichts! Rein gar nichts! Ein bisschen Enttäuschung vielleicht, aber ich war nicht wütend, nicht traurig, nicht verletzt. Vielleicht eher erleichtert?

Ich stand auf. »Komm, lass uns wieder rübergehen«, schlug ich vor. »Ich will doch wissen, wer den Wettbewerb gewonnen hat. Welche Nummer hattest du überhaupt?«

Er schüttelte den Kopf. »Ich hab doch diese Geheimhaltungsklausel unterschrieben. Na gut, dir sag ich's ausnahmsweise, wenn du mir vorher verrätst, wen du gewählt hast.«

»Sieben. Ich bin mir ganz sicher, dass du die Nummer sieben bist.«

Er zog ein gespielt trauriges Gesicht. »Auch du verkennst mich. Aber ich verrate nichts. Hakan und Carlo haben mich überredet mitzumachen. Die Jungs aus der Oberstufe trauen sich ja nicht. Es haben schließlich fünf Leute aus unserer Klasse, zwei aus der sechsten, einer aus der achten und einer aus der fünften mitgemacht. Oder umgekehrt, so genau weiß ich das auch nicht mehr.«

Ich hatte mitgezählt. »Das sind neun. Und wer ist der Zehnte?«

Alex grinste verschwörerisch. »Das ist Mister X. Darf ich nicht verraten. Ich kann dir nur sagen, dass es verdammt schwierig war, das Bild herzustellen. Wir mussten mit dem Computer ganz schön zaubern, damit alles auf dem Bild stimmte.«

»Jetzt verrat schon!«

Aber Alex weigerte sich standhaft. Alles, so behauptete er, könne er mir sagen, aber dieses Geheimnis würde er nicht lüften.

Er hatte den Arm um mich gelegt, als wir den Innenhof betraten. Ich blickte auf die Uhr: zwanzig nach zehn. Die Auswertung der Stimmzettel schien noch nicht beendet zu sein.

Ich blickte mich suchend nach Hille und den anderen aus meiner Klasse um. Sollten ruhig alle sehen, wie gut Alex und ich uns verstanden.

»Da hinten sitzen sie!« Alex deutete auf einen Tisch unweit der Tribüne, wo Carlo und Rita saßen. »Wollen wir uns dazusetzen und was essen? Von Lindsay kein Wort zu den anderen, o. k.?«

Ich nickte. Alex und ich verstanden uns. Mich zog er als Einzige ins Vertrauen, vielleicht gerade deshalb, weil er nicht in mich verliebt war. Plötzlich fühlte ich mich ganz leicht. Unbeschwert, einfach unbekümmert. Mit Alex Händchen haltend rannte ich zu den anderen.

»Wo kommt ihr denn her?« Eileen guckte etwas säuerlich, als sie uns sah. »Wollt ihr euch jetzt vielleicht auch noch hersetzen? Hier ist ja kaum Platz.« Ihr fielen fast die Augen aus dem Kopf, als sie sah, dass wir uns an der Hand hielten, aber sie tat ziemlich cool.

»Klar ist hier Platz!« Hille redete schon wieder mit vollem Mund. »Wir rücken einfach ein Stückchen, und wenn sich Julia neben mich quetscht, dann geht das doch.« Sie wandte sich an Eileen.

»Dass du immer so ein Drama aus allem machen musst!«

Eileen meinte nur, dass sie sowieso keine Lust mehr habe herumzusitzen, sie wolle lieber tanzen gehen. Mit Jenny und Rita im Schlepptau zog sie ab.

»Super«, flüsterte Hille mir zu, während Alex Getränke holen ging. »Zwischen euch ist alles klar, stimmt's?«

»Es ist alles klar, aber ganz anders, als ich geplant habe«, sagte ich leise. »Ich erzähl's dir später. Das ist eine irre Geschichte.«

Ich lächelte Carlo an, der mir schräg gegenüber saß. Mit ihm hatte ich den ganzen Abend noch kein Wort gewechselt. »Wer ist Schoolboy des Jahres geworden?«, fragte ich ihn. »Oder steht das Ergebnis noch nicht fest?«

»Vorhin war es fast so weit, aber dann hat sich rausgestellt, dass noch mindestens dreißig Stimmzettel vergessen worden sind, das übliche Chaos eben.« Carlos Stimme klang ruhig, aber ich konnte irgendeinen Unterton spüren.

War er traurig? Hatte er wieder Ärger zu Hause? Ich blickte ihm forschend in die Augen, aber er wandte sich ab.

»Wir haben es geschafft«, rief in diesem Moment der Schulsprecher ins Mikrofon. »Unsere Wahl ist erfolgreich beendet. Wir haben – und daran dürfen sich unsere Politiker mal ein Beispiel nehmen – eine Wahlbeteiligung von 100 Prozent erzielt.«

Begeisterter Applaus kam auf.

»Bevor wir das Geheimnis lüften, wer Sieger ist und sich ein Jahr lang mit dem Titel ›Schoolboy des Jahres‹ schmücken darf, wollen wir euch verraten, wer sich hinter den Bildern verbirgt. Ich bitte auf die Bühne die Nummer eins!«

Ein schlaksiger Junge aus der Sechsten trottete auf die Bühne, begleitet vom Beifall seiner Klassenkameraden. Vom Schulsprecher erhielt er eine Urkunde, die er triumphierend in die Höhe hob.

Der Reihe nach rief der Schulsprecher die Teilnehmer auf und gab bekannt, wie viele Stimmen sie jeweils bekommen hatten. Nur die Nummer drei ließ er aus.

»Nummer sieben«, rief er schließlich. »Wo bleibt die Nummer sieben?«

Ich drehte mich fragend zu Alex, aber er schüttelte nur den Kopf und grinste. »Irrtum«, sagte er. »Da sitzt die Nummer sieben!«

Carlo stand auf. Er lächelte mich an, bevor er nach vorne ging.

Hille fasste mich am Arm. »Ey, ich fass es nicht. Carlo! Und du warst dir doch total sicher, dass es Alex ist. Sag mal, ist irgendwas mit dir, Julia? Du guckst so komisch!«

Ich schüttelte den Kopf. Natürlich, das Kinderbild zeigte Carlo. Deshalb war mir das Gesicht so bekannt vorgekommen, so vertraut. Nur hatte ich auf Alex getippt!

Alex war die Nummer neun. Winkend stand er neben Carlo und legte den Arm um ihn. »Unser Dream-Team«, rief der Schulsprecher und dann machte er eine bedeutsame Pause.

»Wir kommen jetzt zu unserem Sieger, für den wir natürlich auch einen Preis ausgesetzt haben. Er erhält drei kostenlose Mathestunden bei unserer beliebten Frau Frederici.« Einige Schüler buhten laut, aber die meisten klatschten wie wild.

»Schoolboy des Jahres mit 86 Stimmen ist die Nummer drei!« Der Schulsprecher krächzte vor Heiserkeit. »Bevor ihr euch irgendwie beschwert, muss ich euch sagen, dass ihr selber schuld seid. Ihr habt ihn schließlich gewählt. Sieger des heutigen Wettbewerbs ist« – seine Stimme überschlug sich fast – »unser Herr Dieringer, auch unter dem Kosenamen Napoleon bekannt.«

Die Band spielte einen Tusch und Napoleon griff breit grinsend zum Mikrofon.

»Ich danke euch für euer Vertrauen. Ich werde die Schule bei allen anstehenden Schönheits- und sonstigen Wettbewerben hoffentlich würdig vertreten. Bedanken möchte ich mich auch bei den Computerfreaks, die diese aparte Fotomontage«, er deutete auf das Foto, das ihn in kurzen Lederhosen auf einem Bobby-Car zeigte, »so professionell erstellt haben. Besonders erfreut bin ich natürlich über den außerordentlich geschmackvollen Preis, den ihr gestiftet habt: drei Mathestunden bei Frau Frederici! Das kann ich ja fast nicht annehmen!«

Die Stimmung war grandios. Frau Frederici wurde auf die Bühne geholt, versicherte, dass sie Herrn Dieringer, obwohl er wahrscheinlich kein Mathetalent sei, gerne Unterricht geben würde. Er dürfe auch zwischen Algebra und Geometrie wählen. Sie lud interessierte Schüler ein, an diesen Stunden teilzunehmen.

»Toll!« Hille und ich blickten uns an. Napoleon zeigte sich von einer menschlichen Seite. Er konnte sogar freundlich grinsen, nicht bloß so fies wie im Unterricht.

Carlo und Alex kamen an unseren Tisch zurück. Alex brachte zwei Teller mit Nudelsalat mit.

»War alles, was noch da war«, sagte er entschuldigend, als er einen der Teller vor mich hinstellte. »Außerdem befürchte ich, dass er nicht besonders schmeckt.« Er beugte sich zu mir vor. »Lindsay macht den besten Nudelsalat in ganz Amerika. Wenn sie kommt, dann laden wir dich dazu ein.«

Aber mir schmeckte der Nudelsalat. Wahrscheinlich hätte ich in der guten Stimmung auch Regenwürmer mit Tomatensoße mit Genuss gegessen.

Ich stand auf und lachte Alex an. »Tanzen wir?«

Ich war ziemlich sicher, dass Eileen und Jenny und noch einige andere mich am liebsten sonst wohin gewünscht hätten, als ich mit Alex auf die Tanzfläche ging.

Ich konnte ihre Gedanken förmlich lesen. Der absolute Star der Schule tanzt mit Julia. Warum eigentlich mit der und nicht mit Eileen? Dass Alex und Julia sich gut verstehen, das sieht ja ein Blinder.

»Ich bin gespannt auf Lindsay«, rief ich Alex zu.

Er sagte: »Pst, ist doch noch ein Geheimnis«, aber bei dem Lärm um uns herum hatte das bestimmt niemand gehört.

DJ Griffin and Master of Desaster spielten einen Schmusetitel. »Dann ist Schluss«, hatte der Bandleader angekündigt, »absolut Schluss, wir kriegen sonst Ärger mit den Anwohnern und ihr müsst sowieso alle schön brav ins Bett.«

»Und?«, fragte Alex nach den ersten paar Takten. »Gefällt dir die Musik?« Er zog mich ganz eng an sich, so, wie ich es mir immer gewünscht hatte. »Komm«, flüsterte er und fasste mich ganz leicht am Kinn. »Komm!«

Am Rand der Tanzfläche sah ich im Halbdunkel Eileen, Jenny und ein paar andere aus meiner Klasse stehen. Alle starrten zu uns herüber.

Ich hatte den Eindruck, dass die Musik immer lauter wurde, sich alles um mich drehte. Alex' Gesicht war ganz nahe, gleich würde er mich küssen ...

Irgendwo in der Menge stand Carlo und schaute zu uns herüber.

»Nein!«, hörte ich mich plötzlich sagen. »Alex, es war alles bloß ein Irrtum!«

Er lachte. »O. k., ist ja schon gut. Ich dachte, du willst von mir geküsst werden!«

Ich schüttelte den Kopf. Alex, hätte ich sagen können, vor ein paar Tagen wollte ich das auch, aber inzwischen ...

Ich wusste plötzlich auch nicht mehr so genau, was los war. Tatsache war jedenfalls, dass ich Alex nett und witzig fand, aber mehr nicht.

»Ich muss unbedingt noch mit Eileen und mit Jenny tanzen, sonst sind die beiden sauer«, meinte er, als das Lied zu Ende war und der Bandleader die »absolut letzte Zugabe des Abends« ankündigte. »Sehen wir uns nachher noch?«

»Vielleicht«, sagte ich.

Ich wollte allein sein und nachdenken, was passiert war. Warum waren die Gefühle, die ich für Alex gehabt hatte, so plötzlich verschwunden? Lag das nur daran, dass ich von Lindsay erfahren hatte?

Nein, musste ich mir eingestehen. Ich hatte plötzlich erkannt, dass der wirkliche Alex gar nicht der war, den ich in meinen Träumen so toll gefunden hatte. Eigentlich war er ziemlich kindisch: Er las am liebsten Comics, alberte herum und schien nichts und niemanden richtig ernst zu nehmen.

»Julia, ich geh jetzt!« Hille hatte mich erspäht und winkte mir zu. »Mir wird langsam ziemlich kalt und ... Kommst du mit? Erzählst du mir jetzt endlich, was eigentlich zwischen dir und Alex ist?«

Ich nickte.

Das Wetter hatte endgültig umgeschlagen. Es war kühl geworden und um uns herum räumten die Leute zusammen. Ich holte meine Jacke und winkte Alex und Eileen zu. Er hatte den Arm um sie gelegt und grinste mir verschwörerisch zu. Ich grinste zurück, als ich mit Hille zum Parkplatz ging.

»Also, jetzt erzähl endlich«, drängelte meine Freundin. »Warum steht er plötzlich mit Eileen rum? Ich kapier langsam überhaupt nichts mehr.«

Aber ich kam nicht dazu.

»Ihr könnt doch nicht einfach so gehen«, rief jemand hinter uns her. »Wer soll denn die ganze Arbeit machen?«

Ich drehte mich um und sah Frau Frederici, die zusammen mit Napoleon Bänke schleppte.

»Keine Sorge, ich fahre euch nachher heim«, sagte sie. »Aber ihr müsst doch einsehen, dass man ein Fest nicht so einfach verlässt, ohne zumindest seine Hilfe beim Aufräumen anzubieten.«

»Hille und Rita, ihr räumt das Geschirr von den Tischen, Alex und Albert stapeln die Tische und Julia und ...« die Frederici blickte sich suchend um, ob sie noch mehr Hilfspersonal entdecken konnte, »... und Carlo, ihr zwei räumt die Spülmaschine ein.«

Die Schulleitung hatte für den Abend eine riesige Spülmaschine gemietet, die eingeräumt werden musste. Dieses Jahr hatten wir nämlich aus Umweltschutzgründen kein Plastikgeschirr verwendet.

Carlo reichte mir Teller und Gläser und ich stellte das Geschirr in die Spülmaschine. Keiner von uns sprach ein Wort.

Ich fühlte mich plötzlich befangen. Was war bloß los zwischen Carlo und mir? Warum konnten wir nicht reden wie früher?

»Pass auf, das Glas ist kaputt!«

Ich blickte hoch.

Unsere Hände berührten sich, als er mir das Glas vorsichtig aus der Hand nahm. Ganz nah stand er vor mir.

Ich habe mich getäuscht, dachte ich, er hat gar keine graublauen Augen. Carlos Augen sind dunkelblau, so dunkel wie ... Mir fiel kein passender Vergleich ein. Ich wollte weggucken, aber ich konnte einfach nicht.

»Julia?«

Wir sahen uns immer noch in die Augen.

Er war ein bisschen rot geworden. »Ich wollte dich was fragen ...« Er biss sich auf die Unterlippe. »Du und Alex ...?«

Ich schüttelte den Kopf. »Ich hab mir nur einige Zeit lang eingebildet, ich sei in ihn verliebt«, sagte ich leise. »Aber in Wirklichkeit sind wir nur Freunde. Außerdem hat er bereits eine Freundin.«

Carlo lächelte. Mir fiel auf, dass er sich in der letzten Zeit ziemlich verändert hatte. Er wirkte reifer, erwachsener als der Carlo, den ich zu kennen geglaubt hatte.

»Ich hab heute Abend übrigens bei dir angerufen«, sagte er. »Ich wollte dich fragen, ob du mit mir zum Schulfest gehst.«

Irgendjemand hatte das Fenster weit geöffnet. Aus der Ferne hörten wir leises Donnergrollen. Wir stellten uns ans Fenster und beobachteten, wie Wolkenberge schnell vorbeizogen.

Ganz dicht standen wir nebeneinander. Plötzlich sah ich alles so klar wie nie zuvor in meinem Leben.

In Wirklichkeit bin ich in Carlo verliebt und die ganze Zeit habe ich es nicht bemerkt, dachte ich. Es ist total verrückt. Ich hätte plötzlich vor Glück heulen können.

»Ich laufe gern durch den Regen«, sagte ich nach einer Weile.

Carlo nickte. »Komm, lass uns gehen!«

Ich warf noch einen letzten Blick in die halb aufgeräumte Schulküche. Irgendwo gab die Frederici Anordnungen, jemand ließ eine Flasche fallen, ich hörte Alex und Eileen laut lachen.

Ich sah Carlo an. Er lächelte.

Draußen fielen die ersten schweren Tropfen. Er fasste meine Hand und wir rannten ins Freie.

Bei Thienemann u. a. bereits erschienen:

Mathe, Stress & Liebeskummer
Liebe, Chaos, Klassenfahrt
Küsse, Krisen, große Ferien
Küsse, Chaos, Feriencamp
Küsse, Flirt & Torschusspanik
Freche Mädchen – freche Ferien
Liebe, Gips & Gänseblümchen
Maths, Stress & a Lovesick Heart

Zimmermann, Irene:
Schule, Frust & große Liebe
ISBN 3 522 17411 9

Reihengestaltung: Birgit Schössow
Einbandillustration: Birgit Schössow
Texttypografie: Marlis Killermann
Schrift: Stone und Spumoni
Satz: KCS GmbH, Buchholz/Hamburg
Reproduktion: Die Repro, Tamm
Druck und Bindung: Friedrich Pustet, Regensburg
© 2001 by Thienemann Verlag
(Thienemann Verlag GmbH), Stuttgart/Wien
Printed in Germany. Alle Rechte vorbehalten.
12 11 10 9 8*   04 05 06 07

Thienemann im Internet: www.thienemann.de

Freche Mädchen – freche Bücher!

Sabine Both
- ☐ Umzug nach Wolke Sieben – ISBN 3 522 17490 9
- ☐ Herzkribbeln im Gepäck – ISBN 3 522 17554 9
- ☐ Was reimt sich auf Liebe? – ISBN 3 522 17608 1

Brinx/Kömmerling
- ☐ Alles Machos – außer Tim! – ISBN 3 522 17563 8
- ☐ Ein Paul zum Küssen – ISBN 3 522 17613 8

Christamaria Fiedler
- ☐ Spaghetti criminale – ISBN 3 522 17323 6
- ☐ Risotto criminale – ISBN 3 522 16965 4
- ☐ Kürbis criminale – ISBN 3 522 17250 7
- ☐ Popcorn criminale – ISBN 3 522 17635 9

Sissi Flegel
- ☐ Lieben verboten – ISBN 3 522 17190 X
- ☐ Kanu, Küsse, Kanada – ISBN 3 522 17341 4
- ☐ Liebe, Mails & Jadeperlen – ISBN 3 522 17454 2
- ☐ Liebe, List & Andenzauber – ISBN 3 522 17525 5
- ☐ Liebe, Sand & Seidenschleier – ISBN 3 522 17609 X

Domenica Luciani
- ☐ Das Leben ist ein Video – ISBN 3 522 17241 8

Bianka Minte-König
- ☐ Generalprobe – ISBN 3 522 17125 X
- ☐ Theaterfieber – ISBN 3 522 17265 5
- ☐ Handy-Liebe – ISBN 3 522 17376 7
- ☐ Herzgeflimmer – ISBN 3 522 17338 4
- ☐ Hexentricks & Liebeszauber – ISBN 3 522 17420 8
- ☐ Liebesquiz & Pferdekuss – ISBN 3 522 17455 0
- ☐ Schulhof-Flirt & Laufstegträume – ISBN 3 522 17491 7
- ☐ Knutschverbot & Herzensdiebe – ISBN 3 522 17572 7
- ☐ Liebestrank & Schokokuss – ISBN 3 522 17616 2
- ☐ Superstars & Liebesstress – ISBN 3 522 17636 7

THIENEMANN

Freche Mädchen – freche Bücher!

Hortense Ullrich

- ☐ Hexen küsst man nicht – ISBN 3 522 17290 6
- ☐ Liebeskummer lohnt sich – ISBN 3 522 17342 2
- ☐ Doppelt geküsst hält besser – ISBN 3 522 17377 5
- ☐ Liebe macht blond – ISBN 3 522 17410 0
- ☐ Wer zuletzt küsst … – ISBN 3 522 17471 2
- ☐ … und wer liebt mich? – ISBN 3 522 17500 X
- ☐ Ein Kuss kommt selten allein – ISBN 3 522 17560 3
- ☐ Ferien gut, alles gut! – ISBN 3 522 17621 9

Zimmermann & Zimmermann

- ☐ Mathe, Stress & Liebeskummer – ISBN 3 522 17237 X
- ☐ Liebe, Chaos, Klassenfahrt – ISBN 3 522 17319 8
- ☐ Küsse, Krisen, große Ferien – ISBN 3 522 17378 3
- ☑ Schule, Frust & große Liebe – ISBN 3 522 17411 9
- ☐ Küsse, Chaos, Feriencamp – ISBN 3 522 17456 9
- ☐ Freche Mädchen – freche Ferien – ISBN 3 522 17507 7

Irene Zimmermann

- ☐ Küsse, Flirt & Torschusspanik – ISBN 3 522 17527 1

Freche Mädchen – freches Englisch!

Hortense Ullrich

- ☐ Never Kiss a Witch – ISBN 3 522 17646 4

Zimmermann & Zimmermann

- ☐ Maths, Stress and a Lovesick Heart – ISBN 3 522 17647 2

☑ Hab ich schon! – ♥ Muss ich haben!

> „Witzig, chaotisch und rasant –
> eine wilde Achterbahn der Gefühle."
> **BRAVO GIRL**